어머니의 새벽

KB140357

어머니의 새벽

초판 1쇄 인쇄 | 2022년 12월 13일
지은이 | 김광현
펴낸이 | 이재욱(필명:이승훈)
펴낸곳 | 해드림출판사
주 소 | 서울 영등포구 경인로82길 3-4(문래동1가 39)
　　　센터플러스빌딩 1004호(07371)
전 화 | 02-2612-5552
팩 스 | 02-2688-5568
E-mail | jlee5059@hanmail.net

등록번호　제2013-000076
등록일자　2008년 9월 29일

ISBN　979-11-5634-529-9

※ 이 책은 2022년도 전라남도와 (재)전라남도문화재단의
　　지원(문화예술지원사업)으로 제작되었습니다.

어머니의 새벽

김 광 현   산 문 집

엠도원출판사

책을 펴내며

스산한 가을바람이 골목을 스치며 지나간다.
이제 머지않아 또다시 가슴시린 겨울이 오면
나는 사무치는 그리움에 가슴앓이를 해야 한다.

찬바람이 불어오는 새벽
깨끗한 물 한 그릇을 장독대에 올려놓고 빨갛게 상기
된 두 손을 가지런히 모으시던 어머니의 생전의 모습 때
문이다.

이제 이순을 훌쩍 넘긴 나의 가슴에 아직도 살아 게시는 단아한 그 모습을 추억하며
　초로의 어른이 된 지금 어머니를 그리며 내 삶속의 작은 이야기들을 여기에 적어 본다.

2022. 늦가을
첨산골에서

차례

제2부 아름다운 내 고향

제3부 세계는 넓다

제4부 어머니를 그리며

제1부
어머니의 새벽

어머니의 새벽

매서운 바람이 거리에 떨어진 낙엽을 쓸고 지나간다.

하늘엔 북두칠성이 아직도 선명하게 빛나는 새벽, 어머니는 옷매무시를 가다듬고 물을 길어 올 양동이를 들고 10분 거리에 있는 우물로 향한다.

아무도 길어가지 않은 우물물을 길어 양동이에 담아 머리에 이고 집으로 와서는 깨끗한 물 한 그릇을 장독대에 올려놓고 빨갛게 상기된 두 손을 가지런하게 모아 연신 허리를 조아린다.

어머니의 하루는 이렇게 시작된다.

매일 매일 반복되는 어머니의 새벽은 이처럼 바쁘지만, 그것은 당신의 일상이자 유일한 믿음이었고 신앙이었다.

오로지 자식들과 가족을 위해서 스스로 고단한 삶을 자청한다.

무엇이 당신을 찬바람 부는 겨울, 이른 새벽 아무도 없는 우물로 발길을 옮기게 했을까.

왜 어머니는 날씨도 추운데 굳이 하지 않아도 되는 일을 스스로 하고 있었던 걸까.

당시 어린 나이의 나에게는 미스터리이자 의문이었다.

그때는 어머니의 마음을 헤아리지 못하였고 어렴풋이 짐작만 하였다.

나이를 먹어가며 그때 어머니의 마음과 사랑을 이해하기까지는 참 많은 시간이 흘러 지났다.

아무도 길어가지 않은 깨끗한 우물물을 길어다가 온 정성으로 기도하던 어머니, 자식들 잘되게 해달라고, 가족이 평온하고 모든 일이 잘되게 해달라던 간절한 당신의 정성과 기원은 하늘에 이르고도 남았으리라.

오늘날 나와 내 가족 모두가 이렇게 평화로운 삶을 살아갈 수 있는 것도 그때 어머니의 간절한 염원 때문이리라.

지금도 찬바람 부는 날이면 영상처럼 머리를 스쳐지

나가는 그때 어머니의 모습, 새록새록 가슴에 번지는 그
리운 그 모습.

찬바람 불어오는 겨울날이면 더욱 그립고 보고 싶다,
자꾸만 희미해져 가는 그때 얼굴이….

이제야 홀로 소리쳐본다.

사랑했다고 그리고 고맙다고.

엄마표 도시락

예나 지금이나 먹거리에 대한 관심은 지대하다.

사람은 먹지 않고는 살 수 없다. 특히 사람들의 생활에 필수적인 의, 식, 주 가운데서도 먹는 것이야말로 원초적이고 기본적인 것이라고 아니할 수 없다. 몇 년 전 우리 사회에 큰 이슈였던 학교 무상급식도 결국은 이러한 먹거리와 무관하지 않다. 자라나는 학생들에게 양질의 먹을거리를 제공하고 청소년들의 영양개선을 위해 학교급식 제도가 시행되어 온 지도 꽤 오래다.

하지만 7080세대로 불리는 50~60대들이나 어른들은 도시락을 지참하고 먼길을 걸어서 등교하였다.

노란색 양은 도시락에 보리밥과 쌀밥이 함께 가득 담

긴 추억의 도시락을 그들은 잊을 수 없을 것이다. 반찬이라고 해 보았자 고작 멸치 조림, 열무김치, 배추김치가 전부고 밥 위에 달걀 프라이 한 개 정도 올려놓은 예는 그래도 형편이 좀 나은 집 아이였다.

검은 교복에 검은 모자 그리고 요즈음 애들 같으면 관심도 두지 않을 촌스러운 가방을 들고 십 리가 넘는 들길을 걸어 학교에 다니던 시절이었다. 노란색 양은 도시락 한쪽에는 반찬을 넣는 공간이 있었고 다른 한쪽에는 밥을 담는 공간이 있었는데 반찬이 주로 김치이다 보니 밥에 김칫국물이 넘쳐 상기된 어린아이의 볼처럼 밥에 빨간 물이 들곤 하였다. 밥에 김칫국물만 흐르면 그래도 다행이었다. 김칫국이 넘쳐 가방에 있는 교과서와 어렵사리 헌책방에서 산 참고서를 적시는 날에는 왜 그리도 김칫국물 냄새가 진하고 싫었던지…….

행여 옆에 앉아 있는 짝꿍에게 들킬까 봐 노심초사했다.

지금처럼 음식점에서 시켜서 먹는 도시락이나 학교에서 급식으로 먹는 점심밥보다 김칫국물이 흘러넘친 엄마표 도시락의 맛을 세상의 그 어떤 맛과 비교할 수 있을까?

가난하고 가진 것이 없던 시절 어머니의 정성이 담긴

엄마표 도시락은 추운 겨울날, 난롯불에 데우지 않아도 항상 맛있고 따뜻했다.

멋들어진 고명을 올린 화려한 반찬은 아니어도 양은 도시락 한쪽, 밥에 섞인 김치 맛!

그 아련한 추억의 맛을 이 세상 어떤 언어로 표현할 수 있을까!

이제 세상이 많이 변했다.

사람들의 옷도, 그리고 텔레비전의 프로그램도, 길거리도, 모든 것이 다 변했다. 하지만 오랜 세월의 부침과 산업화 속에서도 아직도 아련하게 가슴에 살아 숨 쉬는 것이 있다면 그것은 어머니가 손수 지어 싸주신 엄마표 도시락일 것이다.

추억 속의 엄마표 도시락 그것은 지금 그 어떤 유명 브랜드나 명품보다 값지고 좋았다.

요즈음 우리 생활은 양은 도시락을 가방에 담고 학교에 다니던 시절보다 훨씬 윤택해지고 편리해졌다. 하지만 더 못살던 시절 엄마표 도시락을 추억하는 까닭은 어머니의 끝없는 사랑과 아름다운 정이 한없이 그리워지기 때문은 아닐까?

나의 어머니

나에게 어머니라는 존재는 너무도 멀고도 그리운 사람이었다.

40년 전 비가 내리는 어느 날 항상 맑고 고운 모습의 어머니의 부음을 듣고 믿기지 않은 마음으로 시골집으로 향했다.

학교가 끝나면 친구들과 어울려 노는 것을 좋아했던 천진난만 한 소년이었던 나는 어머니가 학교 끝나고 친구들과 놀지 말고 곧장 집으로 오라고 해서 이렇게 소식을 알렸을지도 모른다는 생각을 하였다.

시골집 대문 밖에 당도한 나는 어머니의 부음이 사실임을 알았다. 이웃집 아주머니들의 바쁜 움직임과 웅성

거리는 모습에서 현실을 깨닫게 되었다.

지금까지 나의 뇌리에 존재하는 어머니는 항상 단아한 한복 차림의 30대의 젊은 어머니만 있다. 군대 입대 후 휴가를 오는 친구들이 어머니와 오손도손 이야기를 나누는 모습을 보며 얼마나 많은 그리움의 눈물을 남몰래 혼자 흘렸었는지 모른다.

나에게는 오손도손 이야기를 나눌 어머니가 이 세상에 없다는 외로움이 나에게 엄습해 올 때면 혼자서 이불을 뒤집어쓰고 눈물을 흘렸던 적이 한두 번이 아니다.

어머니가 돌아가시기 몇 달 전 고등학교 3학년 때 자취를 하던 나를 위해 머리 위에 반찬과 쌀을 바리바리이고 들길을 걸어오시던 어머니의 모습이 43년이 지난지금에도 생생하게 나의 뇌리를 스친다. 그때 어린 나이의 나는 왜 다른 애들의 어머니들은 쌀과 반찬보다는 돈을 주며 맛있는 것을 사 먹을 수 있도록 해주는데 우리어머니는 쌀과 반찬을 이고 오시는지 이해할 수 없었다. 그래서 어머니에게 투정을 부리기도 하였고 그런 어머니에게 나는 항상 불만이었다. 다른 애들처럼 나도 매점에서 빵이며 라면도 사 먹고 떡볶이도 사 먹으며 호사를 누려보고 싶었기 때문이다. 돌이켜 보면 투정 부리는 철없는 아들을 보며 어머니는 얼마나 마음 아프셨을까. 참으로 미안하고 괴롭다.

　이제 내 나이도 훌쩍 60을 넘긴 지금에야 아팠을 어머니의 마음을 늦게라도 헤아릴 수 있게 되었으니 참으로 다행스러운 일이다. 이제 어머니는 60을 넘긴 나의 가슴에 영원한 그리움의 그림자로 남아 나와 함께 숨 쉬고 있다.

　오늘은 봄 햇볕이 따뜻하다. 어머니의 무덤 앞에 서서 종이컵에 가득 술 한잔을 따른다. 어머니에게 그때의 마음을 오늘에야 알았다고.

　정말 죄송하다고 머리를 숙인다.

큰며느리

나의 어머니는 종가의 큰며느리였다.

시어머니와 시아버지, 그리고 여섯 명의 시누이와 시숙 등 대가족을 건사해야 하는 막중하고 무거운 짐을 가냘픈 양어깨에 오롯이 짊어지고 하루하루를 살아 내야 했으니 얼마나 무겁고 힘겨웠겠는가.

자신의 몸으로 낳은 자식들이 왜 예쁘지 않고 사랑스럽지 않았겠는가 하지만 시어머니 시아버지 시누이들의 틈바구니에서 눈치 보느라 자식들을 예뻐할 마음의 여유도 없었으리라

생각해보면 우리 어머니는 나와 동생들에게 아주 냉정하고 차가웠다.

응석이라도 부려보고 싶은 마음에 어머니에게 달려가지만, 어머니는 어김없이 나에게 촐랑대지 말라고 충고만 한다.

학교에서 시험을 치르고 100점짜리 시험지를 들고 단숨에 달려가 어머니에게 자랑해도 어머니는 아무 말 없이 빙긋이 웃기만 하셨다.

가을 운동회가 다가와도 아무리 큰 경사가 있어도 어머니는 항상 무표정한 얼굴 그대로였다. 그저 묵묵히 밥하고 빨래하고 농사일에만 매달리셨다. 오롯이 그것만이 당신의 몫인 양.

오늘은 봄비가 유난히도 추적이며 온다.

어머니가 가시던, 그날도 봄은 아니었지만 가랑비가 내리고 안개가 자욱했었다. 오늘따라 당신이 떠난 빈자리가 유독 그립고 그립다. 항상 차갑고 무거웠던 그 모습이 오늘따라 한없이 그립다.

당신이 떠난 지 40년, 그 세월을 훌쩍 넘어 이제야 그 그리움을 글로 쓴다. 아니 그리움 맺힌 마음을 드러내 본다.

봄비가 그치면 소주 한 병을 사야겠다. 소주 한 병 들고서 생전의 모습처럼 말없이 40년 세월을 그 자리에 버티고 있는 당신의 무덤가에 그리움의 잔을 한잔 올리고 싶다.

아니 한없는 그리움을 따르고 싶다.

그리고 보고 싶다고

보고 싶다고

꿈에라도 한번 모습을 보여 달라고 어머니에게 간절하게 이야기하고 싶다.

이제 봄비가 더 좋다. 봄비가 고맙다.

이렇게라도 어머니를 생각할 수 있음이 감사하다.

이 땅의 어머니들에게

그동안 메말랐던 대지에 오늘은 봄비가 내린다.

창가에 우두커니 서서 거리를 비스듬하게 달리는 세 찬 빗줄기를 바라본다. 비를 맞으며 한 손에 비닐봉지를 들고 다른 한 손에는 우산을 받쳐 들고 종종걸음을 하며 걸어가는 한 여인이 보인다. 족히 중년을 넘어 오십 고 개를 넘어 보이는 나이로 짐작된다.

예나 지금이나 어머니의 모습들은 변함이 없다. 옷매 무시와 거리의 풍경은 달라졌어도 어머니들의 마음만 은 예나 지금이나 한결같으리라. 한 손에 들려진 비닐봉 지에는 가족의 간식거리가 담긴 듯 제법 무거워 보인다.

이 시대의 어머니들을 생각해 본다. 우리가 세상에 태어나도록 해준 어머니 그리고 항상 어린 자식들을 보살피며 혹시 아플세라…… 행여 배고플세라…… 노심초사하며 자식 잘되기만을 기원하는 이 땅의 어머니들을 보라

세상의 그 어떤 단어나 낱말로 이토록 고귀한 아름다움을 표현할 수 있을까? 멋모르고 살았던 어린 날에는 어머니에 대한 원망도 있었고 돈 없는 농촌에서 나를 낳아 준 부모님을 무던히도 원망했었다.

설날이 다가오면 시골 장터에서 어머니가 마련해 준 새 양말과 새 옷을 입어볼 수 있었던 그 시절…….

언감생심 운동화는 꿈도 꾸어보지 못했다. 친구 중에서 아버지가 괜찮은 직장에 다니던 친구들은 운동화를 신고 다녔다. 검정 고무신을 신고 다녔던 나는 축구를 할 때 운동화 신은 애들은 축구 실력은 별로였으나 왜 그렇게 멋지게 보이던지.

그때 나는 검정 고무신에 고물 줄로 묶어 축구놀이를 하였다. 그것도 여의치 않을 때는 아예 맨발로 운동장을 뛰어다니며 축구에 열을 올렸다. 발이 아프고 헤진 줄도 모르고 난 그렇게 자랐었다.

지금 이 땅에 자식들은 운동화가 뉴발란스인지 나이키인지가 중요한 시대이다.

그 옛날에 비하면 격세지감을 느낀다.

코로나와 어머니들

 지금 세계는 미증유의 겪어 보지 못한 시간을 겪고 있다. 코로나 19라는 새로운 감염병의 출현으로 온 세계가 신음하고 있다.

 코로나 19로 인하여 하늘길은 막힌 지 오래고 자유로웠던 교역마저도 끊겨 모두 고립무원의 상황을 맞고 있다. 모든 나라가 자기들의 안전을 위하여 하늘길과 뱃길을 막고 총력을 다해 사투를 벌이고 있는 형국이다.

 자유로 왔던 해외여행도 끊어져 2년을 넘게 자유스러운 여행조차 제약을 받고 있다.

 또한, 오미크론이라는 전파력이 강한 새로운 변이의 출현으로 대한민국 인구의 1/3이 넘는 사람들이 코로나

19에 감염되어 걸리지 않은 사람들이 오히려 이상할 정도이다.

며칠 전 절친한 아는 지인으로부터 한 통의 전화를 받았다. 물론 코로나 19에 관한 이야기였다. 자그마한 가게를 운영하는 친구는 코로나 19로 인한 극심한 피해를 호소하며 울분을 토하는 전화였다. 하지만 어떻게 할 것인가 세상이 그렇게 우리를 힘들게 하는 것을 말이다. 그리고 그것이 우리만 겪는 것이 아니고 세계 모든 나라가 사투를 벌여가며 겪고 있는 현실인데 말이다.

설상가상으로 그 친구의 자녀가 코로나 19에 감염되어 격리 중이어서 식구들이 초비상 상태라 하였다.

코로나 19에 감염된 아들은 밥맛이 없고 기운이 없다고 푸념을 해대고 있고 그것을 가슴 아프게 지켜보는 어머니는 자신 또한, 자가 격리 중인 상태에서도 평소에 아들이 좋아하는 음식이며 나물 반찬 등을 준비하느라 날을 세웠다고 한다.

밥맛이 없다는 아들을 위해 곰국을 끓이기 위해 날을 세우며 주방을 지키는 어머니의 모습과 애써 준비한 음식을 아들이 격리 중인 방에 살며시 가져다주면서 애타는 어머니의 모정을 생각해보라.

그렇다, 바로 이것이다.

우리 인류를 발전시켜온 원동력이 바로 이것이다.

뜨거운 어머니의 사랑으로 우리 인류의 역사는 시작되었고 문명이 발전하기 시작한다. 수 천 년이 흘러 오늘에 이르고 있지만 어머니들의 지고지순한 아름다운 자식 사랑이야말로 시대를 초월한 아름다운 사랑으로 오늘에 내려오고 있다.

우리들의 생활의 모습이 옛날보다 많이 바뀌고 현대적으로 세련되게 바뀌었다고 하나 애정의 표현방식만 바뀌었을 뿐, 어머니의 자식 사랑은 세월을 거슬러 옛날의 모습 그대로 인 것이다.

그토록 숭고하고 아름다운 모습들이 모여 이 땅을 아름다운 세상으로 만들고 자식 사랑의 마음들이 엮여 이웃사랑, 가족 사랑이 되어 크나큰 세상을 더욱 아름답게 꾸미는 것이다.

이 땅의 숭고한 어머니들의 사랑을 이 세상 어떤 언어로 표현할 수 있을까.

자식이 아프면 본인이 아픈 것보다, 훨씬 어머니는 아파하고 차라리 자식의 아픔을 대신 아파하고 싶은 심정일 것이다.

상상해보라 백발이 성성하고 늙어 기력마저 쇠잔한 어머니가 요양병원에 어머니의 안부를 살피러 찾아온

아들의 손을 붙잡고 차 조심을 당부하는 어머니의 모습을……

우리는 이처럼 숭고한 어머니의 사랑에 무엇으로 답해야 할까? 그동안 우리가 어머니들에게 해준 것은 무엇이었는가?

어버이날을 맞아 카네이션 한 송이를 가슴에 달아드리고 몇 푼의 용돈을 손에 쥐여주면서 어머니의 숭고한 사랑에 전부 보답했다고 생각하고 있는 것은 아닌지

우리가 해 온 작은 정성들이 작아서가 아니라 진정으로 어머니들의 마음을 헤아려 이해하는 데 혹시 부족함은 없었는지.

요즘 세상은 많이 각박하고 정이 없는 삭막한 세상이라고 한다. 이제 이 각박한 세상을 아름답고 향기 나는 세상으로 만들어나가기 위해서는 모두가 어머니 같은 마음으로 세상을 품어 안는 것이 무엇보다도 중요하다. 모두가 어머니 같은 마음으로 세상을 품고 어머니 정신을 가슴에 새기며 함께 하는 어울림의 세상을 만들어 보는 것은 어떨까?

이제 며칠 후면 어버이날이다.

어머니의 가없는 사랑을 가슴에 새기며 모두가 어머니 같은 마음으로 큰 사랑을 나누었으면 한다.

금강산 여행

그러니까 지금으로부터 15년 전의 일이다.

남과 북의 화해 무드가 조성되고 이러한 분위기에 힘입어 금강산 관광이 한창일 무렵, 나는 우연히 금강산 여행에 참여할 수 있었다.

한반도의 남쪽 끝 순천에서 관광버스를 타고 휴전선 인근의 강원도의 최북단 고성을 거쳐 금강산을 여행할 수 있는 행운이 나에게 찾아온 것이다.

금강산 관광은 관광버스를 이용해서 순천에서 출발하여 경상북도 안동의 하회마을을 구경하고 강원도로 이동하여 낙산사 앞의 여관에서 1박을 한 후 아침 일찍 출발하여 남북 연락사무소를 지나 금강산 온정리에 도착하여 금강산을 관람하고 휴식을 취한 후 다음날 다시 해금강에 가서 삼일포를 관광하고 호텔에서 묵은 후 돌아오는 코스로 짜여 있었다.

관광버스에 일행들과 함께 몸을 싣고 설레는 마음으로 출발한 그 시기는 이미 남녘에도 단풍이 지고 낙엽이 날리기 시작하는 11월 하순 무렵이었다. 금강산과 인접한 강원도 고성은 38선 이북으로 비교적 추운 지역에 속한다. 그래서인지 출발하는 날 아침 날씨도 비교적 쌀쌀했다.

남과 북이 서로 왕래하기 위해서 만들어 놓은 남북출입사무소를 지나 버스가 드디어 북한 지역으로 들어갔다.

북한 지역을 통과하는 동안 버스 안의 일행 모두는 숨을 죽이며 창밖을 스쳐 지나가는 북한의 풍경에 몰입되어 있었다.

창밖으로 걸어가는 북한 주민들의 모습과 앳된 모습의 북한군 초병, 그리고 민둥산이 되어 있는 창밖의 풍광이 이채롭다.

버스 안에서 창밖을 바라보던 나의 시선이 순간 다 다른 곳은 채 정비가 되지 않은 자연 그대로의 개울이었다. 깨끗한 개울물이 흐르고 개울물에 앉아 빨래하는 북한 아낙들의 모습이 왠지 낯설지 않게 느껴졌다.

그렇다. 저 모습이 우리나라 1960년대 후반부터 1970년대 초반의 우리네 마을 풍경이었다. 내가 초등학교 시절에 자주 봐 왔던 모습이었다.

11월 말의 쌀쌀한 날씨에 찰 법도 한데 남한에 많은 고무장갑 같은 것도 끼지 않은 맨손으로 빨래를 하는 모습을 보면서 어린 시절 나의 어머니의 모습이 오버랩 된다.

어차피 이곳도 사람들이 살아가는 곳으로 사람 살아가는 모습은 별반 차이가 없다는 것을 깨달으며 어머니를 생각했다.

어릴 적 내가 살던 곳은 시골 벽지로 버스도 없었고 고작해야 5m 정도 되는 신작로 길과 산길을 넘어서 1시간 가까이 걸어가야 버스를 만날 수 있는 곳이었다.

깊은 산이 있는 것도 아니고 큰 강이나 개울도 없어서 우리 마을은 물이 귀한 마을이다. 60가구 정도 되는 마을에 있는 몇 개 안 되는 우물에 의지하여 빨래와 식수를 해결해야 했다.

아침저녁으로 식수를 200m가 넘는 곳에서 물을 길어다 써야 하는 관계로 양동이에 물을 길어 오는 일은 여간 힘든 일이 아니었다.

더군다나 식구도 많은 당시로써는 빨래 또한 큰일이 아닐 수 없었다.

겨울철, 빨래하기 위해 온 식구들이 벗어 놓은 빨랫감을 머리에 이고 우물가에서 변변한 고무장갑도 없이 맨손으로 빨갛게 상기된 손으로 빨래를 해오시던 어머니의 모습이 지금의 휴전선 이북 이 땅의 모습과 무엇이 다른가.

지금 이 땅의 모습에서 추억으로만 남아 있는 어머니의 모습을 회상하며 오래전 돌아가신 어머니를 생각하는 애잔함이 느껴진다.

이미 이 세상에서 이름으로만 남아 있는 나의 어머니를 생각하며 저승에서라도 마음 편하게 지내시길 기원해 본다.

그날 금강산 관광은 이렇게 고스란히 추억으로 남았다.

아직도 내 가슴에 아련히…….

달맞이 흑두부에서 부르는 사부곡

나는 식당 한곳을 잊지 못한다.

순천에서 주암을 지나 화순을 향하는 길목인 화순군 동면의 국도변에 있는 "달맞이 흑두부"라는 식당이다.

이 식당은 흑두부를 이용해서 음식을 조리하는 식당으로 비교적 많은 사람에게 알려진 유명한 식당이다.

내가 이 식당과 인연을 맺게 된 것은 이 음식점의 음식 맛이 뛰어나서가 아니다. 그렇다고 풍광이 수려한 아름다운 곳도 아니다. 또한, 식당의 인테리어가 뛰어나거나 분위기가 아름답거나 한 것 또한 아니다.

지금으로부터 몇 년 전 어느 날 우연히 이 음식점에 들러 9년이라는 짧지 않은 기간 동안 병마와 싸우시던 아버지를 모시고 전남대학교 부속 화순병원을 향해 가던 중 점심을 먹었던 인연으로 이 식당을 잊지 못한다.

시골에서 오로지 농사일이 세상 전부인 줄만 알고 흐트러진 세상과는 너무도 멀게 살아오셨던 선친은 많은 기간 동안 인생의 곡절과 맞서면서 힘겨운 삶을 살아오셨다. 그러던 어느 날 아버지는 큰 병원에라도 가보자고 스스로 원하셨다. 스스로 당신의 몸을 알고 큰 병원으로 가고 싶어 했었다.

나는 아버지의 생각을 따라 전남대학교 화순병원에 가서 종합적인 검사를 해 보기로 하고 병원으로 향했다.

예약 시간에 맞추어 가려고 조금은 이른 시간에 출발하였다.

병원의 예약 시간은 오후 2시, 병원의 예약 시간이 많이 남아서 점심을 먹고 갈 요량으로 우연히 들른 식당이 '달맞이 흑두부'라는 식당이었다.

지탱하기조차 힘든 무거운 몸으로 나의 손에 의지한 채 식당에 들러 먹은 흑두부 정식의 맛은 아버지에겐 한낮 호사요 사치였을까?

70 평생을 살아오시면서 그날처럼 아버지의 모습이 초라하고 쓸쓸해 보인 적은 일찍이 없었다.

아버지는 왜 그리도 모질고 무거운 삶을 타고 이 땅에

태어났을까. 이런 형언할 수 없는 마음으로 나의 무기
력함을 탓하면서 먹은 점심 식사의 쌀알들이 목을 지나
창자를 타고 내려가면서 속을 헤집고 쓰려오는 것을 꾹
꾹 눌러 참으며 어렵사리 한 그릇 밥을 먹어야 했던 그
날…….

하지만 아버지는 얼마 후 다가올 자신의 운명을 아는
지 모르는지 멍하니 천장에 매달린 장식품들을 바라만
보고 있었다.

그길로 아버지는 병원에 입원하여 인공호흡기에 의지
한 채 싫어도 싫다는 말 한마디 못 한 채 5개월을 버티
시다가 길지 않은 생을 마감하셨다.

2007년 6월 어느 날 나와 아버지가 마주 앉아 나눈 마
지막 점심 식사 장소가 바로 여기 달맞이 흑두부인 것이
다.

그로부터 1년 후 10월 어느 날 우연히 출장차 다시 달
맞이 흑두부를 찾아 그때 그 자리에서 이제 홀로 흑두부
정식을 먹는다.

그리고 후회를 한다. 좀 더 잘해드리지 못한 것을…….

아버지는 이제 이 세상에 없다.

무던히도 힘들게 곡절 속에 살아오신 아버지의 삶을
생각하니 가슴이 답답해 온다. 돌아가신 후 후회한들 무

슨 의미가 있겠는가.

다 부질없는 일인데

오늘따라 새록새록 생전의 아버지 모습이 가슴에서 피어오른다.

정말 그립다.

보고 싶다.

이빨 빼던 날

지금도 나의 치아는 좋지 못하다.

치과에서 치료를 받고 해도 좀처럼 좋아지지 않을 뿐 아니라 지금도 종종 아프고 속을 썩인다.

며칠 전에도 아는 지인이 운영하는 치과병원엘 다녀왔다.

나이가 들어가서 그런 줄은 몰라도 자꾸만 이빨이 신경 쓰인다.

어릴 적 나의 치아 때문에 고생했던 생각이 난다. 나는 어릴 때부터 치아가 좋지 않아 참 많이도 고생했다.

감창이라는 요즘 말로 풍치로 시달리기도 했고, 시골이라서 변변히 양치질 한번 시원스럽게 못 했던 터여서 그런지는 몰라도 유난히 난 치아 때문에 골머리를 앓곤 하였다.

초등학교 1학년 때로 기억된다. 나의 이빨이 심하게 부어오르고 아프기 시작하였다. 나는 이 사실을 어머니에게 말하지 않고 숨기면서 아픔을 꾹꾹 참아가며 며칠을 그렇게 지냈다. 밥맛도 없고 밥을 씹기 마저 힘들어 어린 나이에도 의욕 없이 그렇게 날을 보내고 있었다. 우리 집은 할아버지와 할머니를 비롯하여 어머니와 아버지 그리고 형제들이 모두 한집에서 기거하는 대가족이었다. 할아버지께서는 마을에서 유지로 통하셨고 한학을 공부하셔서 마을 사람들로부터 존경의 대상이었다. 이런 할아버지를 모시고 함께 산 나는 종갓집의 종손이라는 감투로 할아버지와 할머니의 사랑을 항상 독차지하고 지냈다. 명절이 다가오면 마을에서 그동안 신세를 졌던 사람들이 사탕과 연초 등을 선물하여 선반 위가 항상 가득하였다. 할아버지가 안 계신 날이면 나는 할아버지의 사탕 봉지에서 달콤한 사탕을 몰래 하나씩 빼먹곤 했다. 아뿔싸! 이렇게 빼먹고 즐겼던 사탕이 나의 치아를 망가뜨렸다는 것을 뒤늦게야 깨달았다.

며칠 동안 어머니에게 숨겨온 이빨 아픈 사실을 들켜버리고 말았다. 이제 구제할 수 없을 정도로 이빨은 충치로 아프고 더는 참을 수 없었으나 이를 빼는 것이 무엇보다 중요한 치료였다. 시골이라 변변한 치과도 없고 무섭기도 하여 엉엉 울면서 나는 어머니의 치마폭에 매달렸다. 이제 어쩔 수 없이 집요하게 요구하는 어머니의 요청을 뿌리칠 수 없게 되어 시키는 대로 할 수밖에 없는 처지가 되었다.

어머니는 엉엉 울어대는 나를 향해 다가오면서 가혹한 형벌을 내릴 것 같아 자꾸 마음이 뒷걸음치고 있었다. 어머니는 가만히 내게 다가와 손을 잡아 주면서 울지 말라고 나를 달랬다.

이제 어차피 체포된 신세가 되어 어머니가 시키는 대로 할 수밖에 없었다. 누구나 다 겪어 보고 아는 사실이지만 어려서 난 이빨은 새 이빨로 교체되면서 새로 난 이빨이 영구치로 일생 우리와 함께 하는 이빨이다.

한참 나를 달래던 어머니는 어디선가 긴 실을 들고 나타나서는 나를 노려보고 있는 것이 아닌가, 내가 지금까지 겪어 보았던 어머니의 모습 가운데 가장 무서웠던 날이었다. 그동안 할아버지가 놓아둔 달콤한 사탕을 남몰래 먹으면서 느꼈던 달콤함이 오늘의 이 가혹한 형벌이 되어 돌아줄 누가 알았으랴 몰래몰래 돌라 먹었던 사탕이 이렇게 어머니로부터 가혹한 형벌로 피할 수 없게 되었다는 사실에 나는 그저 한숨만 들이키고 있었다.

기다란 실을 집어 들고선 어머니가 갑자기 자애로운 모습으로 나를 껴안으며 어르기 시작하였다. 평소에 항상 엄하게 자식들을 훈육했던 어머니께서 왜 이러는지 어렴풋이 짐작은 가지만 이미 체포되어 도망갈 수 없는 몸…….

숙명으로 받아들일 수밖에 도리가 없었다. 순간 무섭고 두려운 마음에 가슴이 졸여 온다.

어머니가 시키는 대로 입을 벌리고 이빨을 실로 매는 작업에 순순히 동의할 수밖에 없었다. 실을 이빨에 감은 다음 순간 어머니께서는 큰소리로 호통을 치면서 나를 뒤로 밀친다.

깜짝 놀라 뒷걸음질을 치면서 나는 도망간다. 그런데 아뿔싸 나의 이빨 하나가 어머니가 들고 있는 실에 묶여 매달려 있는 것이 아닌가.

놀란 나는 입에서 피가 나는 것도 모른 채 어머니의 품에 매달린다. 우는 입에서는 붉은색 피가 흐르고 눈물과 콧물이 뒤범벅된 나는 한없이 서러운 울음을 울어댄다.

품에 안겨서 우는 나를 어머니는 살며시 밀쳐내고 실에 묶인 이빨을 손에 쥐고는 지붕 위로 휙 던진다.

"헌 이빨 가져가고 새 이빨 다오."라고 큰소리로 외친다.

나는 멀리 지붕 위로 던진 이빨을 바라보며 아쉬움으로 눈물을 글썽인다.

그렇게 하여 나는 앞니가 없는 채 몇 개월이 가고 이빨 빠진 놈이라는 놀림을 받아가면서 지냈다.

지금은 시대가 발전하고 많이 편리해졌다. 그리고 요즘은 어릴 때부터 양치질과 위생 관념이 철저하여 아이들 치아가 매우 고르고 예쁘다.

지금도 나는 이빨이 아플 때, 그 옛날 기억이 새록새록 가슴에 다가온다.

그리고 빙그레 입가에 미소가 머문다.

영화 '엄마 없는 하늘 아래'

내가 태어나고 자란 마을은 첩첩산중 두메산골은 아니지만, 예전 시골의 모습이다. 그러했듯이 30분 이상 걸어가야 버스를 만날 수 있었던 곳이었다. 따라서 연극이나 영화 같은 문화생활은 언감생심 꿈에 불과하였다.

마을에서 떨어진 면 소재지에 1년에 한두 번, 가설극장이 설치되고 서커스나 영화 같은 것을 보는 것이 굉장한 이슈가 되던 시절이었다.

언제였는지는 정확하게 기억이 나지는 않지만 아마 중학교 3학년 때로 기억이 된다. 학교에서 단체로 강당에 학생들을 모아 놓고 단체로 영화 관람을 하게 하였는데 그때 영화 제목은 엄마 없는 하늘 아래였다.

작품은 이원세 감독이 연출하였고 초등학교 학생이 가장 노릇을 하면서 집안을 챙겨가며 어린 동생들을 돌보는 것이 주요 줄거리였다. 학교에서 단체 관람이다 보니 교훈적인 영화이어야 하는 것은 당연하다.

그때 나는 그 영화를 보고 얼마나 울었는지 모른다.

나는 항상 장남이자 장손으로서 언제나 의젓해야 하고 어른스러워야 하는데 마음이 약하고 착할 뿐 굳세고 강한 흔적이라고는 없는 소년이었다.

이런 유약한 나의 가슴에 엄마 없는 하늘 아래는 한여름 폭포수보다 강하게 내리는 소나기처럼 나의 가슴을 적시기에 충분하였고 하염없이 내리는 눈물을 주체할 수 없게 만들었다.

나는 지금도 그때를 생각하면 아직도 그 영화의 감정에 사로잡혀 혼자 눈물을 흘리곤 한다. 흔치 않은 영화 관람의 기회를 맞이하여 50여 년 전 본 영화의 내용이 60이 훌쩍 넘은 지금까지 나의 가슴을 때리는 이유는 무엇일까?

지금의 나의 마음이 어머니를 그리워하는 애틋함이 남아 있기 때문은 아닐까 싶다

엄마 없는 하늘 아래의 영화 속 주인공이 어쩜 나의 어린 시절의 모습과 너무나 닮아 있어서는 아닐까?

13세의 어린 나이에 가장이 되어 버린 어린 소년 김영출의 어려운 삶의 궤적에 대한 공감으로 당대 많은 이의 가슴을 울렸던 이 영화는 1977년 공전의 화제를 남기며 박정희 대통령이 영화를 보고 울었다는 일화와 함께 전국의 초, 중학생들에게 영화를 보게 했을 만큼 아련한 기억을 남겼다.

　언제나 나에게 그리움의 대상으로 어머니는 존재하고 어린 나이에 세상을 등진 어머니에 대한 애틋한 그리움이 아직도 가슴 곳곳에 묻어 지워지지 않은 멍으로 남아 있다.

　어머니를 생각하면 언제나 생각나는 영화 '엄마 없는 하늘 아래.' 오늘따라 그 영화의 장면 하나하나가 가슴 저편에서 용틀임하면서 가슴속에 여울진다.

　그립다. 오늘도 나의 어머니가⋯⋯.

칠게와 어머니

내가 태어나고 자란 마을에서 순천만 갯벌까지는 약 3km 거리로 그다지 멀지 않은 곳에 있다.

그래서 그런지 어려서부터 여자들이 여름철이면 갯벌에 나가서 칠게며 짱뚱어 등을 잡아 와서 조리해 먹기도 하고 시내에 가서 팔아서 돈을 마련하기도 하였다.

아침 일찍 어머니께서는 동네의 아낙들과 함께 광주리를 머리에 이고 걸어서 30분 정도 걸리는 갯벌로 나가서 칠게를 잡아 왔다. 아침 일찍 물때를 맞추어 출발하여 칠게를 잡아 머리에 이고 다시 집에 돌아올 때는 항상 뉘엿뉘엿 서녘으로 해가 지는 때였다.

칠게 잡으러 가신 어머니가 늦게 돌아오는 날에는 가

족들과 나는 마을 입구까지 나가서 어머니가 오는 길목을 지키고 서서 기다렸다.

광주리에 가득 잡은 칠게를 머리에 이고 오시는 어머니의 모습이 왜 그리도 아름답고 예뻤는지. 가족들 모두 어머니가 잡아온 칠게를 들여다보며 고생했다는 칭찬을 한다. 칭찬을 뒤로하고 어머니는 보리밥 한 덩어리를 물에 말아서 잡수시고 또 빨래하고 허드렛일에 열중하셨다.

어머니는 항상 그런 줄만 알고 살았다.

그리고 어머니는 항상 우리의 밥과 빨래를 챙겨주는 사람인 줄만 나는 알고 살았다. 왜 그리 생각이 모자랐는지 모르겠다.

항상 어머니께서 하시는 일이 어머니가 마땅히 해야 하는 당연한 일로만 알았다. 지금 생각하니 어머니께서는 아픈 몸을 이끌고 그 일을 해 오신 것을 이제야 깨닫는다.

후회된다. 때늦은 후회다.

어머니께 미안하고 송구하다.

그런 마음도 몰라줘서…….

대한민국 장남으로

가족은 언제나 울타리 같은 것

10여 년 전 어느 날 난 서점에 들러 한 권의 책을 샀다.

책의 이름은 「대한민국에서 장남으로 살아가기」라는 책이었다. 나는 우리나라의 여느 전통적인 집안과 같이 가부장적인 집안에서 태어나 특별할 것도 없는 장남으로서 어깨에는 항상 무거운 짐만 가득 짊어지고 삶을 살아가는 책임 막중한 위치에 있었다.

그러던 어느 날 맞이한 이 책은 나에게는 큰 공감이었고 무언가에 홀린 듯 책을 잡고 놓지 않았다.

이 책의 저자는 우리나라 굴지의 방송사인 MBC 문화방송의 기자로 근무하였던 윤영무 기자가 쓴 책으로 어려운 집안에서 장남으로 태어나 가진 것 없는 처지에서 독학하여 명문대학교 출신도 아니면서 대한민국의 방송사 기자로 활동하게 된 사연과 이야기를 독백의 형태로 장남의 눈으로 써 내려간 글이다.

필자는 모든 것이 넉넉하지 못한 입장에서 자신의 어깨에 얹혀 있는 장남이라는 무거운 짐에서 오는 무게감과 감당해야 하는 어려운 현실적인 문제들을 잔잔하게 소개하고 있었다.

다시 말해 장남의 눈으로 세상을 바라보며 장남 정신을 찾아 스스로 채찍질해가며 살아왔던 삶의 궤적과 거기에 얽힌 장남 정신을 강조한 것이다.

어려운 현실의 벽 앞에서 방황하며 가족 모두의 전반적인 부분까지 챙겨야 하는 장남의 무게······.

나 또한 장남으로 태어나 무거운 장남의 책무를 체득하며 살아온 터라 이책을 읽으면서 더욱 공감을 가질 수밖에 없었다.

우리나라는 1960년대를 거치면서 급속한 산업화를 맞이하였다.

산업화는 우리에게 물질적인 풍요를 선물했다고 하지만 산업화로 인해 가족은 핵가족화되고 물질적인 풍요 뒤에 가려진 또 다른 빈곤의 어두운 그림자도 남아 있는 것이 현실이다.

오랜 전통적인 가족제도의 틀에서 생활해오다가 핵가
족화된 가족제도 속에서 우리의 미풍양속 또한 상당 부
분 붕괴한 것 또한 사실이다. 또한, 요즘 들어서는 1인
세대의 등장으로 더더욱 전통적인 가족윤리는 먼 옛날
의 아득한 이야기가 되어 가고 있다.

대가족 제도하에서 할아버지와 할머니 그리고 아버지
어머니가 함께했던 시절, 경로 효친 사상은 우리를 지탱
해 주는 사회의 가장 중요한 미덕이고 윤리였다. 하지만
이러한 사회의 변화는 우리에게 또 다른 문제점을 던져
주었고 사회문제로 대두되고 있다. 나이를 먹은 부모님
은 의례 요양병원에서 생을 마감해야 하는 지금의 현실
은 그렇다 치더라도 부모를 못살게 구는 악행들이 매스
컴에 종종 보도되고 있고 그럴 때마다 모든 이의 공분을
사는 것을 우린 자주 본다.

하지만 아무리 세상이 바뀌고 또 바뀌어도 부모님의
사랑과 부모를 생각하는 우리의 전통적인 가족관과 윤
리는 우리의 가슴에 우리의 몸에 아직도 면면히 이어져
흐르고 있다.

이런 각박한 현실에서 「대한민국에서 장남으로 살아
가기」는 우리 모두에게 시사해 주는 바가 매우 크다 하

겠다.

장남은 본래 집안의 동생들과 형제들을 살피고 위로하며 위로는 부모님과 형제들 간의 가교역할에 충실 해왔음은 물론이고 집안의 대소사와 제사까지도 책임지는 무거운 위치라 아니할 수 없다.

따라서 이러한 막중한 책임감은 장남들에게는 알 수없는 무게와 중압감으로 작용해 왔지만, 우리 사회의 장남 정신은 우리 사회를 지탱해 주는 더없이 소중한 전통이요 자산이다. 항상 알 수 없는 무게감과 짓누르는 책임감은 장남만이 느껴야 하는 고통이자 고뇌라 할 것이다.

변해가는 가족 구성원의 요구와 갈등을 조율하며 부모를 살펴야 하는 현대적 의미의 장남 정신은 각박한 현실을 돌파해 나가는 우리의 마지막 보루라 아니 할 수없다.

옛날에는 대부분 가정에서 할아버지와 할머니의 품에서 손주들이 자란다. 할머니와 할아버지가 큰 손자를 무릎에 앉혀 놓고 어르면서 하시던 말씀들이 기억난다. 내가 죽으면 내 제사를 지내줄 놈이라고 하면서 그래서 더욱 예쁘다고 하시던 말씀이.

이제 여기서 어떤 거창한 이야기를 하려는 것은 아니고 모두가 솔선수범하는 마음으로 자기 직장을 사랑하고, 가정과 가족을 사랑하는 장남의 마음으로 이 세상을 함께 살아간다면 얼마나 좋을까. 따뜻한 정과 사랑이 넘치는 그런 사회가 되지 않을까.

그리고 모두가 현재의 위치에서 올바른 가치관과 올바른 생각을 가질 때 우리 사회는 얼마나 아름다울까.

우리 모두 장남의 마음 장남의 정신으로 함께 살아간다면 우리 사회는 더욱더 아름답고 행복한 곳이 되지 않을까.

앞으로 다가올 미래 세대에게 전통적인 가족제도의 아름다움을 전해주고 함께하는 마음으로 모두가 한 발짝씩 물러나 서로를 대하고 함께 사랑을 나누는 바른 사회가 되었으면 한다.

현대사회의 핵가족세대에게 잊힌 가족의 소중함을 알게 해주는 장남 정신이야말로 우리 사회를 굳건히 지켜주는 버팀목이 되리라 생각하면서 모두가 장남 정신을 한번 되새겨 보는 계기가 되었으면 한다.

「바램」 그리고 나

사람들은 흥이 나면 노래를 한다.

노래는 슬플 때나 기쁠 때나 항상 우리의 곁에 있다.

나 또한 기쁘거나 슬프거나 할 때, 자신을 주체하지 못할 때 흥얼대며 노래를 하는 버릇이 있다.

지금껏 길지 않은 세월의 부침 속에서 곡절이 있을 때마다 나는 노래 속에서 나를 돌아다 보았고 부르는 노래 가사가 어쩜 그리 나의 마음 같고 나의 모습인 양 함께 느끼며 살아왔다.

중년의 나이에 노래 한 소절 한 소절이 왜 그리 나의 삶의 일부인 양 공감하고 취하는지. 나는 노래를 잘하지 못한다. 하지만 즐겨 부르고 함께 하는 것을 좋아한다.

그 가운데서 내가 가장 좋아하는 노래가 하나 있다.

순간순간 다가오는 선택의 순간에 그리고 내가 힘들어질 때 위안을 주던 노래 그 노래가 「바램」이라는 노래다.

「바램」이라는 노래는 노사연이라는 가수가 불러서 많은 사람에게 사랑을 받은 바 있고 그 노래의 시적인 가사가 나의 마음을 적시기에 충분하고 괴로움을 잠시라도 잊게해 주어서 그 노래가 좋다.

나는 노사연이라는 가수의 성량 풍부한 노래가 좋아서도 아니고 가수가 예뻐서도 아니다. 바램이라는 노래의 노랫말이 너무나도 나의 감성을 적시기에 난 이 노래를 좋아한다.

바램이라는 노래의 노랫말은 첫 소절부터 나의 가슴을 흔들어 댄다.

내손에 잡은 것이 많아서
손이 아픕니다.
등에 짊어진 삶의 무게가
온몸을 아프게 하고
매일 해결해야 하는 일땜에
내 시간도 없이 살다가

평생 바쁘게 걸어 왔기에

다리도 아픕니다

(중략)

우린 늙어가는 것이 아니라

조금씩 익어가는 겁니다.

위 노래를 보라 그리고 노랫말의 가사 하나하나가 이 얼마나 아름답고 의미 있는가. 나는 위의 노래를 들을 때마다 노랫말의 가사가 나와 너무도 닮았고 나의 마음을 노래하고 있는 것 같아서 이 노래를 언제나 좋아한다.

우리 삶들을 한번 생각해보라, 부잣집의 호사스러운 금수저로 태어난 것도 아니고 일상의 평범한 사람들이라면 이 가사를 어찌 외면할 수가 있겠는가.

이제 예순이라는 나이를 지나 석양 노을이 번지는 황야에서 지난 삶을 추억하는 나이에 바램이라고 하는 노래는 지난 시절에 회상뿐만 아니라 크지는 않지만 지난 시절에 대한 작은 푸념을 담고 있고 미래의 작은 소망 같은 「바램」을 노래하고 있는 것을 볼 때 평범한 소시민들의 작은 삶을 표현하기에 충분하다는 생각을 한다.

그리고 "내가 외로워질 때 내 애길 조금만 들어준다면 어느 날 갑자기 세월의 한복판에 덩그러니 혼자 있진 않겠죠, 큰 것도 아니고 아주 작은 한마디 지친 나를 안아주면서 사랑한다. 정말 사랑한다는 그 말 해준다면 나는 사막을 걷는다 해도 꽃길이라 생각할 겁니다."라는 가사의 내용이 참으로 아름답고 소박하다.

나는 이 노래를 듣고 부르며 그동안 열심히 살아왔다고는 자부하지만 작은 것 하나를 놓치고 살진 않았는지를 반성해본다.

진정으로 사랑한다는 그 말, 그 말 한마디를 누군가에게 하지 못한 내가 부끄럽고 미안하기만 하다. 이제부터라도 내 인생길에 같이하는 사람에게 사랑한다는 말 한마디 꼭 해주고 싶다. 그리고 힘내라고…….

우리에게 주어진 운명이 그것이라면 부딪쳐서 주저말고 노력하고 도전하며 힘들더라도 무거운 짐 같이 나누며 함께 살자고, 어차피 우리 인생은 새로운 것에 대한 도전과 욕망으로 살아가는 거라고…….

그래서 이러한 것이 우리의 소망이고 바램이 아니냐고…….

오늘도 힘차게 불러 본다. 우린 늙어가는 것이 아니라 조금씩 익어가는 것이라고.

목화 따는 날

농사일을 주업으로 하는 우리 집에서 내가 어릴 때 가장 하기 싫었던 것 두 가지 일이 있었다.

농사를 짓고 살다 보니 농사일에 필요한 쟁기질을 할 소를 키웠다. 그 시절만 해도 농촌에서는 소가 재산목록 1호였던 시절이라 소를 매우 아끼고 조심스럽게 다루었다. 소가 있는 집안에서는 의례 아침과 오후 나절에 소를 몰고 들로 산으로 가 풀을 먹인다. 아침 일찍 일어나 학교에 가기 전에 소를 몰고 들에 가서 풀을 뜯기고, 학교 다녀와서 방과 후에 소를 몰고 산으로 가서 소에게 풀을 먹이고 다시 집으로 돌아오곤 한다. 하지만 나에게는 이일이 매우 큰 고문이었다. 소가 없는 집안의 친구들은 학교에서 축구놀이도 하고 맘껏 뛰어놀 수 있지만, 나에게는 소를 먹이는 일이 매일 반복되는 일과로 소가 없는 집의 애들이 부럽기만 하였다.

비가 오거나 겨울철에는 그나마 소를 돌보는 일을 하지 않아도 되니 참 다행스러운 일일 수밖에. 따라서 나는 어떨 때는 소가 원수처럼 느껴지기도 했다.

두 번째로 농촌에서 하기 싫었던 것이 목화 따는 일이었다.

밭에 보리를 수확하고 목화를 심기 시작하여 가을이면 목화를 거두어 묘지나 공터 위에 깔아 놓고 목화 열매가 피어오르면 그것을 따서 말려서 솜을 타기도 하고 이를 팔아 소득을 올리기도 하였다. 그러나 목화를 따서 파는 일은 단순한 작업이기는 하였지만, 무척이나 하기 싫은 일 중의 하나였다.

이른 아침 묘지 주변이나 공터에 펴서 말려 놓은 목화를 채취하는 시기는 늦가을에서 초겨울이라서 서리가 하얗게 내려 있고 손발이 시려서 힘든 작업이다.

이렇게 힘든 작업은 오롯이 나이 어린 우리 형제들의 몫이다 보니 당연히 이일이 싫을 수밖에…….

하지만 이제는 이러한 일들과 어려움마저도 옛날의 아득한 추억거리로 생각만 하여도 그리움에 가슴이 젖으니 참 아이러니하다. 그 시절 시골에서는 어떠한 것이든 돈이 되면 팔아서 돈을 만들고 그 돈으로 자녀들 학비도 하고 생계에 필요한 돈도 한다.

그때 그렇게 싫었던 일들이 60을 넘은 나이에 아련한 추억으로 다가옴은 어떤 이유일까.

그때가 그래도 그립다.

지금에라도 다시 돌아가고 싶다

그 시절 그때로.

어머니에 대하여

사람은 누구나 태어나면서 가정 먼저 얼굴을 익히는 사람은 어머니이다.

어머니와 한몸이 되어 탯줄에 의지하고 세상에 태어나기까지 어머니의 뱃속에서 생명체로 있다가 거룩한 한 생명으로 태어난다.

이 얼마나 신비스럽고 경이로운 일인가

태어난 후에는 어머니의 보살핌속에서 미래의 생명으로 성장해 간다.

몇일전 우연히 TV에서 동물원에 있는 호랑이 가족을 본적이 있다.

새끼 호랑이 두 마리가 우리 안에서 재롱을 부리며 물장구를 치며 노는 모습과 이를 그윽한 눈으로 지켜보는 어미 호랑이 모습이었다.

동물이든 사람이든 어머니의 품은 항상 따뜻하고 포근하다.

나이를 먹어 가면서도 언제나 어머니는 그리움의 대상이고 돌아가고픈 고향이다.

어머니께서 지어주시던 쌀밥과 김치, 멸치볶음 같은 반찬의 맛은 이 세상 어느 유명한 쉐프도 흉내 내지 못할 맛이었다.

때론 자식들에게 엄한 질책을 하며 냉정하게 꾸짖지만 뒤돌아서서 눈물을 애써 삼켜야하는 어머니의 마음은 어땠을까

집안 형편이 좋지 않아서 자식들이 해달라는 것을 들어주지 못할 때 솟구치는 마음의 고통을 생각해보라

분수처럼 터지는 아쉬움과 괴로운 당신의 마음을 헤아려보라

하지만 요즘에는 그런 애틋한 어머니에 대한 감정들이 많이 퇴색되어가는 것 같아 아쉽다.

종종 부모에게 상상할 수 없는 범죄를 저질러 많은 사람들로부터 지탄을 받고 신문이나 방송에 오르내리는 자식들을 보면서 왜 이런 세상이 되었는지 자문해 본다.

몸이 부서져라 자식을 위해 몸부림치며 고생하는 어머니께 천륜을 저버리는 자식들을 보며 경악할 수 밖에 없는 지금의 상황을 어떻게 설명해야 할까
다시 한 번 어머니에 대한 존재와 어머니의 사랑을 되새기며 지금 우리가 해야 할 일은 무엇인가

희미해진 가족 간의 윤리와 사랑을 재건하고 이웃과 함께하는 따뜻한 공동체 의식을 새롭게 다짐해야 할 때이다.
진정한 인간성의 회복과 살기 좋은 사회를 위하여……

제2부
아름다운 내 고향

유배가사의 효시 만분가

우리 고장 순천은 예로부터 아름다운 고장이라 하여 소강남이라 불렸으며 많은 사람으로부터 교육도시로 회자되어 왔다. 이러한 교육도시의 이미지는 언제부터였을까? 나는 이런 물음에 대한 답을 역사 속에서 찾는 데 주저하지 않는다.

역사를 거슬러 올라가면 우리 순천은 유학의 뿌리가 매우 깊음을 알 수 있고 우리 지역의 유학에는 매계 조위와 김굉필이 있음을 알 수 있다. 매계 조위와 김굉필은 당대 조선을 대표하는 대표적인 유학자로 우리 지역뿐 아니라 조선 전체에 많은 영향을 미친 걸출한 학자들이다. 두 사람 모두 무오사화라는 역사적인 사건의 소용

돌이 속에서 우리 순천에 유배되어 임청대에서 교유하며 후학들을 길러냈고 우리 고장의 유학 발전에 많은 영향을 미친 분들이다. 그 가운데 특히 매계 조위는 7년 동안이나 순천에 유배되어 살면서 우리나라 최초의 유배가사인 만분가를 지어 오늘에 전한다. 조위의 본관은 창녕(昌寧). 자는 태허(太虛). 호는 매계(梅溪). 시호는 문장(文莊)이다.

1474년(성종5) 식년문과에 병과로 급제한 후 검열(檢閱)이 되고 1476년부터 사가 독서 한 뒤 1479년 영안도경차관(永安道敬差官)이 되었다. 수차 시제(詩製)에서 장원하여 명성을 떨치었으며 성종의 총애를 받아 경연에 나갔다. 1485년 함양군수로 부임하여 많은 선정을 베풀어 표리(表裏), 녹비(鹿皮) 등을 하사받기도 하였다. 그 후 도승지(都承旨) 호조 참판, 충청도 관찰사를 역임하고, 1495년(연산군1) 대사성(大司成)으로 춘추관지사(春秋館知事)가 되어 『성종실록』을 편찬할 때 사관(史官) 김일손(金馹孫)이 김종직이 쓴 조의제문(弔義帝文)을 사초(史草)에 수록하여 올리자 그대로 편찬케 하였다.

후에 중추부동지사(中樞府同知事)로 부총관(副摠管)을 겸직했고, 1498년 성절사(聖節使)로 명나라에 갔다가 오는 도중 무오사화가 일어나 의주에서 피체되어 투옥되었으나 이극균(李克均)의 극간으로 의주에 장류(杖流) 우리 고장 순천에서 여생을 마쳤다. 성리학의 대가로서 당시 사림(士林) 간에 대학자로 추앙되었고, 김종직과 함께 신진사류의 기수였으며, 글씨도 잘 썼다. 문집에《매계집(梅溪集)》, 글씨로는《조계문묘비(曺繼門墓碑)》가 있다.

조위가 1498년(연산군4)의 무오사화에서 간신히 죽음을 면하고, 우리 고장 순천으로 유배되었을 때 지은 만분가는 누구에게도 호소할 길 없는 슬픔과 원통함을 선왕(先王:성종)에게 하소연하는 심정을 읊었는데, 이 작품은 우리나라 최초의 유배가사로서 국문학사적인 의의가 대단히 크다.

매계 조위는 김굉필보다는 1년 빨리 유배되었고 1년 뒤에 유배되어 온 김굉필과 함께 당대 최고의 두 학자 학자들이 귀양살이의 애달픔을 임청대에서 나누며 지냈다고 한다.

임청대는 매계 조위가 물가의 돌을 주워다가 대(臺)를 만들고 항상 마음을 깨끗하게 가지라는 의미에서 임청대라 이름을 지었으며 김굉필과 매개가 죽은 후 명종 18년 순천부사로 부임한 이정이 두 분을 추모하기 위해 비

석을 세웠다. 임청대 비 앞면의 글씨는 퇴계 이황의 친
필을 받아 새기고 뒷면에는 매개의 글을 새겼다.

만분가는 최초의 유배가사로서, 귀양살이의 억울한
사연을 능란한 표현으로 절실하게 하소연했다. 2 음보
를 1구로 보면 129구의 장편 가사이며 주로 3·4조와
4·4조로 되어 있다. 무오사화에 연루되어 겨우 죽음을
면하고 귀양 간 자신의 처지를 천상 백옥경에서 하계로
쫓겨난 것에 비유해 작품 전개의 틀을 마련했다.

만분가의 주요 줄거리는 몸이 억만 번 변해 늦은 봄날
두견의 넋이 되어 남산 배나무에 앉아 밤낮으로 울고 싶
은 심정으로 원통한 사연을 하소연했다. 한 조각 구름이
되어 옥황상제로 비유된 성종에게 가까이 가서 가슴에
쌓인 말을 싫도록 아뢰겠다고 했다. 결말에서는 산이 되
고 돌이 되어 어디에 쌓여 있을 것이며, 비가 되고 물이
되어 어디로 울며 갈 것인가 하고 슬픔을 표현하고 있
다. 다음은 만분가의 일부다.

천상 백옥경 / 십이루 어디멘고 / 오색운 깊은 곳에 / 자청전이
가렸으니
구만 리 먼 하늘을/ 꿈이라도 갈동말동 / 차라리 죽어져서 / 억
만 번 변화하여

남산 늦은 봄에/ 두견의 넋이 되어 / 이화 가지 위에 밤낮으로 못 울거든

삼청 동리에/ 저문 하늘 구름 되어 / 바람에 흘리 날아/ 자미궁에 날아올라

옥황 향안 전에/ 지척에 나가 앉아 / 흉중에 쌓인 말씀/ 실컷 사뢰리라

아아 이내 몸이/ 천지간에 늦게 나니 / 황하수 맑다마는/ 초객의 후신인가

상심도 가이없고/ 가태부의 넋이런가 / 한숨은 무슨 일인고/ 형강은 고향이라

십 년을 유락하니/ 백구와 벗이 되어 / 함께 놀자 하였더니/ 어르는 듯 괴는 듯

남 없는 님을 만나/ 금화성 백옥당의 꿈조차 향기롭다

- 만분가중에서 -

　사림파로서 독자적인 견해를 가지고 나아가다가 수난을 당했으면서도, 임금과 헤어지면 고난에 빠지게 된다고 하며 자신의 정치적인 주장을 펴지 못했다. 만분가는 안정복의 〈잡동산이 雜同散異〉 제44책에 실려 전한다. 여기서 우리가 주목해야 할 것은, 그 당시 지배체제를 살펴보아야 한다. 당시 지배체제의 절대 권력을 휘두르

고 있는 이는 왕권이었고, 그 왕권에 순응할 때만이 그들이 고통에서 벗어날 유일한 기회였다. 그래서 어떤 유배가사라도 왕권에 도전하는 내용이 아니라 그 왕으로부터의 사랑을 얻고자 하는 노력의 일환으로 대부분의 유배가사는 왕의 은총을 회복하고자 하는 내용이 주류를 이루고 있다는 점에 주목해야 한다.

우리 순천에 이토록 훌륭한 문학적 토양이 있었다는 사실을 아는 이는 그리 많지 않다. 이런 기회에 우리 순천의 역사를 새롭게 되새겨 보는 기회가 되었으면 한다.

생태의 보고 순천만

순천만을 품은 전남 순천은 한반도의 남단에 위치한 인구 28만 명의 작은 지방 소도시이다.

삼국시대에는 백제에 속하였고 감평군이라 칭하였으며 통일신라 시대에는 승평군으로 고려 시대에는 승주목으로 그리고 조선 시대에는 순천도호부로 남해안 남중권의 교육과 문화 행정의 중심지로 오늘날에 이르고 있으며 현재는 대한민국의 대표적인 생태 도시로 전 지역이 유네스코 생물권보전지역으로 지정되어 있다.

순천을 생태 도시로 만든 것은 누가 뭐래도 순천만을 꼽지 않을 수 없다. 순천만은 람사르 습지로서 고흥반도와 여수반도의 사이에 있는 호리병 모양의 만으로 태풍과 같은 자연재해에도 오랜 세월 동안 갯벌을 온전하게 간직하고 있는 연안 습지이다.

광활한 갯벌과 갈대가 어우러진 순천만은 예전에는 한적한 포구였으나 지금은 우리나라의 대표적인 생태 관광지이자 힐링 명소이다.

또한, 순천만은 1960년대 우리나라 단편소설의 백미로 꼽히는 소설 무진기행의 무대로 갈대밭으로 통하는 무진교가 있고 순천문학관이 자리 잡고 있다.

소설 무진기행은 순천 출신 소설가 김승옥이 쓴 단편소설로 《무진기행》에는 선명하게 구분되는 두 개의 공간이 있다.

하나는 서울로 표상되는 일상의 공간이고, 다른 하나는 무진이라는 탈일상의 공간이다. 서울은 세속적이지만 현실적인 가치의 중심이다. 이에 비해 무진은 안개와 바다 그리움이 있는 몽환적이고 탈속적인 공간이다. 그러나 현실의 여건으로 오래 머물러 있을 수 없는 무진과 현실의 세계인 서울이라는 이질적인 공간의 대립 구도로 설정된 소설 《무진기행》은 1960년대 감수성의 혁명이라고 불리며 많은 반향을 일으켰다.

순천 시내에서 순천만 습지 갈대밭으로 향하는 초입에 있는 순천문학관은 무진기행의 작가 김승옥뿐만 아니라 또 다른 순천 출신의 걸출한 아동문학가인 정채봉의 작품들과 숨결을 느낄 수 있는 곳이기도 하다.

순천 시내에서 대대동을 거쳐 순천만에 이르면 총 15만 평에 달하는 광활한 갈대숲이 반긴다. 순천 시내를 관통하는 동천과 순천시 상사면에서 흘러온 이사천이 만나는 지점부터 하구에 이르는 3km쯤의 물길 양쪽이 갈대밭으로 뒤덮여 우리나라 최대의 갈대 군락지를 형성하고 있다. 특히 가을에는 햇살의 기운에 따라 은빛 잿빛 금빛 등으로 채색되는 모습이 아주 장관이다.

대대포구 유람선 선착장 옆 무진교 건너에 보이는 용산을 따라 용산전망대에 이르는 길지 않고 험하지 않은 산길은 솔향기를 맡으며 무거운 마음을 비우며 걸을 수 있는 최고의 힐링 코스이다. 용산전망대에서 바라보는 광활한 순천만 갯벌과 낙조, 그리고 S자 물길은 많은 사람의 뇌리에 오래도록 추억으로 남을 것이다.

또한, 잠시의 여운과 한가로움이 있다면 순천만 주차장 인근 약간 높은 곳에 있는 찻집 도솔에서 내려 보는 고즈넉한 순천만의 분위기는 삶에서 느끼는 무게를 잠시라도 털어 내기에는 더없이 좋은 안성맞춤의 장소이다.

연기처럼 피어오르는

아지랑이 발길 따라

봄바람에 가슴 일렁이거든

생명이 움트는

순천만으로 가라

– 김광현의 시 「순천만으로 가라」중에서 –

순천 음식 이야기

어느 지역이든 역사가 있고 전통이 있다.

우리 지역 순천에도 역사가 있고 전통이 있다.

그러나 오랜 세월 동안 축적되어 이루어진 전통도 우리의 관심에 따라서 잊히기도 하고 새로운 것으로 태어나기도 한다.

우리는 흔히 순천을 맛의 고장이라고 자랑한다. 그러나 막상 순천의 대표 음식이 무엇이냐는 물음에 순천을 대표하는 음식이 이것이다. 라고 대답하기에는 딱히 자랑할 만한 음식이 없다.

그 이유는 여러 가지가 있겠으나 애당초 내놓을 만한 음식이 없어서 이기보다는 전통을 보존하고 아끼는 의식들이 희박해서 기존에 있던 음식도 잊히지 않았는지 한 번쯤 생각해 볼 일이다.

1920년대까지 순천에는 비록 전국적으로 알려지지는 않았지만 유명한 음식이 몇 가지가 있었다고 하며 그 무렵 순천의 일반가정 음식 중에서 맛이 있기로 소문난 집은 초대 순천시장을 지낸 김성초의 집이었다고 한다.

일제 말기와 해방 무렵 동아일보에는 전국 맛 자랑, 멋 자랑이라는 고정란이 있었다. 그 당시 동아일보 장철호라는 기자의 취재로 순천의 남문다리 옆 전주식당과 주인아주머니가 2번에 걸쳐서 소개되어 일약 전국적인 명성을 얻게 되었다.

전주식당은 동아일보에 2번에 걸친 소개로 순천을 대표하는 음식의 중심지로 순천 음식을 맛볼 수 있는 식당으로 당시에는 통했다.

그 후 순천의 음식에 관한 이야기는 동아일보 장철호 기자에 의해 예원이라는 잡지에 다시 한번 소개되었다.

당시 소개된 순천의 음식 중에서 특히 참게를 이용해서 게장 담그는 법이 소개되었는데 순천게장으로 전국적으로 알려졌다고 한다. 순천게장은 구례 간전이나 상사에서 참게를 부탁하여 사 왔으며 당시의 음식으로는 무척이나 비쌌다.

순천게장에 대한 관심은 전국적으로 대단하여 게장 담는 법을 알려 달라, 게장 다리 한 다리만 부탁한다. 등 게장을 직접 얻으러 오는 사례도 있었다고 한다.

참게장과 함께 당시 순천을 대표하는 최고급 요리로는 신선로와 족편이 있었다. 그러나 신선로는 순천에만 있는 것이 아니라 전국의 각 지방에 돈을 많이 가진 사람이나 유지들만이 맛볼 수 있는 음식이었다.

또한, 족편은 소의 족을 며칠 동안 고아 뼈와 살이 분리되고 그 분리된 뼈와 살이 액체가 된다. 그 후 액체가 된 것에서 기름을 걷어 내고 닭을 며칠 동안 삶아 살을 찢어 넣고 다시 끓인다. 이렇게 두 가지를 넣어서 삶는 과정을 반복하여 액체 상태의 것을 펴서 말린 후 실고추 등 고명을 얹어 완성을 시켰으며 당시 순천에서 최고의 요리였다.

그리고 또 하나 순천을 대표하는 음식으로는 고들빼기김치가 유명하였다. 고들빼기김치는 지금의 김치와 당시의 김치가 차이가 있었으며 지금의 김치는 음식문화가 서양화되어 가고 외지 인구의 유입으로 많이 변모한 형태이며 당시의 고들빼기김치는 지금보다 훨씬 쓴맛이 강하고 잎보다는 뿌리가 주재료였다고 한다. 당시 고들빼기는 전국 어디에도 없었으며 유일하게 순천에서만 담가 먹는 것으로 중요한 자원 중의 하나이다.

지금 우리 순천에서는 순천만을 중심으로 낙안읍성, 송광사, 선암사를 하나로 묶어 쉬어가는 체류형 관광 자원으로 만들기 위해 큰 노력을 전개하고 있다.

관광은 경치를 중심으로 하는 볼거리도 중요하지만, 그보다도 더욱 중요한 것은 그 지역만의 고유한 문화를 느끼고 향유하는 것이 더욱 중요한 부분이다.

우리도 더욱더 발전된 미래의 관광을 위하여 우리 지역만이 가지고 있는 음식이나 문화자원들을 발굴하고 적극적인 마케팅에 나서야 할 때이다.

하멜 표류기와 순천

우리는 일반적으로 모든 사람이 잘 알고 있는 지식이나 사실을 흔히 상식이라고 한다. 그러나 이런 상식들도 왜곡된 정보나 지식의 잘못된 전달로 진실이 아닌 것이 진실인 것처럼 받아들여지는 경우가 있다.

우리가 어려서부터 읽어온 하멜 표류기도 그런 것 중의 하나가 아닌가 싶다.

요즈음 하멜 표류기를 읽으면서 하멜 표류기에 대한 우리의 잘못된 인식을 발견하고 여기에 소개하고자 한다.

하멜은 1630년 네덜란드의 호르콤 이라는 도시에서 태어나 열강의 식민지 쟁탈 전쟁이 한창이던 시기에 동인도 회사의 선박 포수로 일했으며 1653년 스페르베르호라는 배를 타고 일본의 나가사키로 가던 도중 일행 36명과 함께 제주도에 표류하여 13년 20일이라는 짧지 않은 기간을 조선에서 보내고 일행 7명과 함께 간신히 일본으로 탈출하여 항해 과정의 여정인 하멜일지를 작성하였다. 원래 하멜일지는 문학적인 의도에서 집필된 것이 아니었다. 단지 하멜이 오랫동안 이교도의 나라 조선에서 지낸 13년 20일간의 기록을 토대로 자신이 근무한 동인도 회사에 제출하여 그동안의 급여를 받아 내고자 작성한 것으로 우리가 알고 있는 상식과는 거리가 멀다.

또한, 하멜일지 가운데는 조선의 풍속이나 군사제도, 지방 제도 등은 비교적 소상히 기록되어 있으나 여자에 관한 이야기는 전혀 언급이 없다.

그리고 지금까지 우리가 접하고 읽었던 하멜표류기는 영문판 또는 불어, 독일어 등을 우리말로 번역하였던 내용으로 원래 네덜란드어로 기록된 원본과는 다소 차이가 있다.

최근 전남대학교에서 네덜란드어로 된 하멜일지를 우리말로 번역하여 발표한 것과 기존의 하멜표류기와의 차이에서도 이런 점들을 알 수 있다.

하멜 일행이 표류하다가 제주도에 도착하여 한양으로 압송되고 훈련도감에 편입되어 강진과 여수의 병영에서 노역에 종사하였으나 비교적 융숭한 대접을 받고 지냈다.

그러면 우리가 알고 있는 하멜과 우리가 어떤 관계가 있을까?

하멜 일행은 임금의 배려로 한양에서 각기 다른 거처를 가지고 생활하였으나 우연히 청나라 사신들의 눈에 띄게 되어 이를 두려워한 조정 대신들의 주장으로 강진과 여수, 남원, 순천 등에 분산 수용하게 되었다. 이러한 일련의 과정으로 우리가 사는 순천에도 3명의 네덜란드인이 살게 되었다. 지금 시점에서 우리가 그 당시의 네덜란드인 3명의 행적을 추적하고 정리하여 그들의 후손들을 통해 네덜란드와 교류를 할 수 있다면 하는 생각을 해 본다. 이미 여수와 강진, 제주도가 하멜을 통한 마케팅을 하고 있다.

21세기를 흔히 문화의 세기라고 말한다.

문화는 높고 낮음의 문제가 아니고 고급과 저급을 논할 수 없는 것이다.

오랫동안 우리의 가슴을 타고 흐르는 생각들이 바위에 이끼가 자라듯 쌓여 문화가 되어 가는 것이다.

지금 우리도 우리에게 있었던 자원과 역사를 소홀히 하지 말고 溫故知新의 마음으로 한 번쯤 돌아보았으면 한다.

역사 속에 잊힌 시인 임학수

예로부터 순천을 포함한 남도 지역을 문화와 예술의 고장이라고 하여 예향이라고 불렀다. 내가 사는 순천도 많은 문인과 명창 그리고 예술인을 배출한 고장이다. 그 가운데서 특히 문학에 대한 전통은 다른 지역에서 볼 수 없을 정도로 우리나라 문단에서 괄목할만한 성과를 쌓아 왔다. 하지만 문단에서 괄목할만한 성과를 쌓아 올린 문인들도 있는 반면에 잊힌 문인들도 있다.

1930년대부터 해방 전후 활발한 활동을 해왔으면서도 역사 속에 잊힌 시인이 있어 여기에 소개하고자 한다.

역사 속에 잊힌 시인은 바로 임학수 시인이다.

임학수 시인은 국권침탈 후 1911년 순천군 금곡리

214번지에서 태어나 순천 공립 보통학교를 졸업하고 경성으로 올라가 경성제일고보를 나와 순천사람으로는 최초로 서울대학교의 전신인 경성제국대학 예과에 입학하여 법문학부에서 영문학을 포함한 서구 문학 전반에 걸친 폭넓은 소양을 쌓았다.

임학수는 경성제대 시절 최재서가 가장 아끼던 후배로 1936년부터 1945년까지 경성제대를 거쳐 격동기를 살았던 시인이자 지식인이었다. 그는 1945년 경성제대 조교수를 거쳐서 정신여고, 배화여고, 한성상업, 성신여학교 교원으로 재직하기도 하였고 해방 후에는 서울대학교 사범대학과 고려대학교 교수를 지냈다.

1931년 동아일보에 시 '우울'을 발표하면서 시단에 등단하여 해방 후까지 활발한 활동을 해온 시인이다. 주요 작품집은 「석류」, 「팔도풍물시집」, 「후조」, 「필부의 노래」 등의 시집이 있다. 그리고 창작 활동 외에도 「현대영시선」, 「일리어드」 그리고 디킨스의 「이도애화」 등을 번역하기도 하였다.

이처럼 활발한 시작 활동에도 불구하고 지금까지 우리는 임학수 시인을 잘 알지도 못하고 관심 또한 매우 미미하였다. 그런 이유로는 그의 시적 성취가 매우 높은 수준에 있지 않았다고 할 수도 있지만 일제 말기 그의 행적과 해방 후의 이데올로기에 편향된 문학 활동 또한 임학수에 관한 관심이 미약하게 된 이유가 아니었을까 추측되어 진다.

그리고 6·25 직후 남북 분단으로 인한 남북한 문학의 단절은 임학수에 대한 접근을 힘들게 한 요인이라고 여겨진다. 하지만 이러한 이유로 임학수의 문학이 우리의 관심에서 사라지고 매몰되어서는 안 된다고 생각 되어진다.

어쨌거나 그는 우리 지역 출신으로 일제 치하 격동기를 힘들게 살아간 시인이자 지식인 중 한 사람이다. 또한, 그의 첫 시집 「석류」에 실려 있는 '견우'라는 시는 당시 문단의 호평을 받는 등 서사시의 새로운 지평을 열었다는 평가를 받기도 하였다.

시인이자 영문학자인 임학수는 시작 활동뿐만 아니라 영문학자로서 서양 문학의 번역과 소개에 선구적 역할을 하였다. 임학수의 시작품은 동양의 고전과 서양세계의 결합을 시도하였고 「필부의 노래」와 「후조」를 펴냄으로써 기행 시와 산문시의 새로운 분야를 개척하기도 하였다.

여기에 임학수 시인의 시 한 편을 소개한다.

달이여 붉은 달이여

이제것 둥글더니만

어느덧 이루어지고 말았구나

오직사람과 역사의 성쇠도

너와 같더란 말이냐

눈 깜박하는 동안

구름이 하늘을 덮고

건너편 숲우엔

바람소리만 시끄러웁네

〈달에게〉 전문

이 시는 임학수의 첫 시집 「석류」에 실려 있는 〈달에게〉라는 시이며 시인의 슬프고 고독한 심정을 서정적으로 노래하였다.

이렇게 임학수는 격동의 시대를 살아간 우리 지역 출신 지식인이었다. 역사적 소용돌이 속에서 그의 행적과 활동에 대하여 많은 것이 알려지지 않았으며 그의 생가터인 현재 금곡동 공마당 인근 일조식당 후정에 지역의 문인들을 중심으로 임학수 시인의 생가터 표지석을 세운 바 있다.

한가한 길 순천만문학관 가는 길

힘들이지 않고도 편안하게 걷기 좋은 길 한곳을 소개하겠다.

여기에 소개하고자 하는 길은 순천시 순천만 습지에 있는 길로 전라남도 순천시의 순천시 맑은물센터 앞에서 둑을 따라 순천문학관까지 가는 길이다.

순천시 맑은물센터 옆 이사천과 동천이 만나는 합류지점에서 출발하여 흑두루미 모양의 다리를 건너 둑방길을 타고 가는 이 길은 갈대가 우거져 있고 철새들이 노니는 한없이 평화로운 길이다.

또한, 길이 지나는 길옆으로 순천만국가정원에서 출발하여 순천문학관까지 운행하는 스카이 큐브가 지나는 곳이기도 하다. 자연을 벗 삼아 둑길을 걷다가 다다른 곳에 낭트정원과 순천문학관이 자리한다.

순천문학관은 순천이 낳은 아동문학가 정채봉과 소설가 김승옥의 작품과 자료들이 전시되어 있다.

소설가 정채봉은 우리나라를 대표하는 아동문학가로 오세암과 첫 마음 등 많은 작품을 남겼으며 시인 정호승은 덴마크에 안데르센이 있다면 대한민국에는 정채봉이 있다고 하였다.

그리고 순천 출신 소설가 김승옥은 이곳 순천만을 배경으로 그 유명한 단편소설 무진기행을 발표하였고 무진기행은 1960년대 감수성의 혁명이라 일컬어지는 소설로서 문단의 주목을 받기도 하였다.

순천문학관에 인접한 바로 옆에는 낭트정원이 있다.

낭트정원은 2016년 한불수교 120주년을 기념하여 한국과 프랑스의 우호증진을 위해 프랑스 낭트시의 조경기술자들이 참여하여 조성한 공원으로 한쪽에 낭트 쉼터가 있다.

낭트 쉼터에서 포도주와 와인을 섞은 따뜻한 프랑스 음료 뱅쇼를 한잔 나누며 잠시 여유로움을 느껴 보는 것은 어떨까.

비가 와야 보이는 숨겨진 용서폭포

비가 와야만 볼 수 있는 순천의 숨겨진 폭포인 용서폭
포를 소개하겠다.

용서폭포는 전라남도 순천시 황전면 금평리 용서마을
뒤 해발 690m의 동주리봉 기슭 깎아지른 절벽에 있는
폭포로 산속으로 흐르는 물길이 짧아 비가 오지 않으면
흐르지 않은 약 50m의 높이의 폭포이다.

폭포가 위치한 절벽은 편마암 주상절리가 선명하게
보이는 수직의 절벽으로 폭포 옆 절벽에서 암벽등반을
하는 사람들이 많이 찾고 있는 곳으로 폭포 아래로 흐르
는 시원한 계곡물과 울창한 숲이 바쁜 일상에 지친이 들
에게 잠시라도 일상탈출의 허기짐을 달래 줄 더없이 좋

은 곳이다.

하지만 이곳은 사유지로서 10년 전까지만 해도 용서폭포 앞에 간단한 음료와 차를 마실 수 있는 공간과 주차장이 있었으나 현재는 소유주들이 바뀌어서 이러한 것들이 모두 없어진 상태로 주인의 허락을 받아 주차장과 임마누엘기도원을 지나 곧장 5분 정도 산길을 걸어 올라가다 보면 폭포에 이르게 된다.

전해 내려오는 이야기에 의하면 옛날 용서폭포 아래에는 물이 떨어지면서 생긴 소가 있는데 여기에 귀가 달린 뱀장어가 살고 있었는데 훗날, 이 뱀장어가 여기에서 용이 되어 승천했다는 전설이 있어 이름을 용의 기운이 서린 곳이라고 하여 용서 폭포라 하였다고 한다.

건기에는 수량이 많지 않아 아쉽지만, 여름 장마철에는 우람한 물줄기가 절벽으로 낙하하는 모습은 장관이라 하지 않을 수 없다.

비가 내린 후 용서폭포를 찾아 잠시 짬을 내어 우람한 용서 폭포의 멋들어진 모습을 한번 감상해보는 것은 어떨까.

아름답고 전통이 살아 있는 용오름 마을

용오름 마을은 전라남도 순천시 주암면 운룡마을로 순천 시내에서 약 37Km 거리에 있는 농촌 마을이다. 용오름마을은 2007년 농촌진흥청에서 지정한 전통 테마 마을로서 농촌체험휴양마을이다.

이 마을은 1380년경 옹 씨, 송 씨, 권 씨 등이 살기 시작하였다고 하며 운룡리(雲龍里)라는 지명은 위에서 마을을 바라보면 마치 용이 구름을 안고 하늘로 날아가는 형국이라 하여 붙여졌다고 한다.

마을 입구에 들어서면 마을의 오랜 역사를 말해주는 운룡리 개기 600년 기념비가 있고 아름드리 느티나무들이 계곡을 사이에 두고 즐비하게 서 있어 마을의 오랜 역사와 전통을 짐작케 한다.

또한, 마을 안길을 따라 올라가다 보면 마을회관과 체험관이 있고 체험관 옆에 수령 500년이 훨씬 넘는 당산나무가 있어 이 마을의 신비스러움을 더해 준다.

이처럼 오랜 역사와 전통을 간직한 용오름마을은 지금까지도 정월 대보름날 당산제가 행해지고 있어 위리의 전통 숨결이 아직도 살아 면면히 이어져 오고 있다.

마을 앞 무성한 고목 사이로 흐르는 맑은 용오름 계곡을 가로지르는 쌍룡교를 건너 좁은 시멘트 도로를 지나 언덕에 오르면 재천사라고 하는 작고 아담한 절이 나온다.

재천사는 현재 광주의 모 학교재단 소유의 수련 시설로서 자그마한 대웅전을 비롯하여 오밀조밀하게 꾸며진 석탑과 주변의 울창한 숲은 이곳을 찾는 사람들에게 작은 위안과 여유로움을 선사한다.

재천사 앞에는 보호수로 지정된 400년 된 소나무가 있어 보는 이의 탄성을 자아내게 한다.

관광지 같지 않은 수수함과 깨끗한 계곡, 그리고 농촌에서만 경험할 수 있는 특별함이 있는 용오름 마을을 찾아 일상의 힘듦을 잠시라도 잊어보면 어떨까.

순천만의 작은 포구 화포

사람은 누구나 한 번쯤 일탈을 꿈꾼다.

쳇바퀴 돌 듯 돌아가는 일상에서 잠시의 여유를 갖고 싶을 때 잠시 찾아볼 수 있는 한적한 해변을 소개하고자 한다.

화포는 동해안의 정동진처럼 모든 이에게 이름이 널리 알려진 곳도 아니고 유명한 관광지도 아니다.

하지만 시골스러움과 한적한 포구의 느낌을 그대로 간직하고 있으면서 순천만의 고즈넉한 갯벌이 오롯이 보존된 곳으로 한 번쯤 찾아볼 만한 가치가 있는 여행지라 여겨진다.

화포는 옛날 지명이 쇠리로 전라남도 순천시 별량면

학산리에 속하며 순천역에서 16km 정도 되는 거리에 있다.

대중교통을 이용하려면 순천 시내에서 81번과 82번 시내버스가 하루에 몇 차례 운행되고 있으며 순천 시내에서 시간은 1시간 남짓 소요된다.

최근 자전거 타는 사람들이 화포를 찾는 사람들이 많아졌으며 바다를 내려다보이는 곳에 카페가 있어 작은 휴식의 공간으로 자리를 잡아가고 있다.

또한, 화포는 유네스코 생물권보전지역으로서 건너쪽 와온해변에서 시작하는 남도 삼백 리 길 가운데 2번째 코스이자 남파랑 일부이기도 하고 예로부터 꼬막과 낙지, 짱뚱어 등의 중요한 어족자원들이 풍부한 어촌마을이다.

화포는 순천만에서 일몰과 일출을 동시에 볼 수 있는 곳이지만 변변한 식당이나 편의점도 없는 한적한 어촌마을이다.

푸른 하늘과 맞닿은 갯벌이 널따랗게 펼쳐진 여유로움이 필요하다면 화포 해변을 찾아 잠시 일상의 시름을 잊어보는 것도 좋을 듯하다.

선암사 흙길에서 웃는 나무

순천의 선암사는 우리나라 8대 총림 중의 하나인 태고 총림으로 도립공원 조계산 동쪽 자락에 자리 잡은 우리 나라 유수의 절 중 하나이다.

선암사는 전라남도 순천시 승주읍 죽학리에 소재한 절로 광주에서 81km, 순천시가지에서 27km 거리에 있 다. 자동차를 이용할 경우 호남고속도로 승주 나들목에 서 선암사 가는 이정표를 따라가면 곧 절의 주차장에 이 를 수 있다.

선암사는 유홍준 교수를 비롯한 많은 사람이 우리나 라의 가장 절다운 절로 꼽고 있으며 봄이면 천연기념물 로 지정된 선암매가 피어나고 여름이면 울창한 숲과 계곡의 청아한 물소리가 사람들의 마음과 몸을 깨워주며 멋들어진 가을 단풍과 흩어지는 낙엽이 세상을 잊게 해주는 사계절 아름다운 절로 유네스코 세계문화유산 산지 승원 중 하나이다.

선암사는 통일신라 말기 도선이 호남을 비보하는 3대 사찰인 3암 2의 하나로 창건했다는 설과 백제 성왕 7년 (529)에 아도화상이 세운 비로암을 통일신라 경덕왕 원년(742)에 도선이 재건하였다는 두 가지 창건설화가 전해오고 있으며 고려 시대 대각국사 의천에 의하여 크게 중창되었으며 임진왜란과 6·25를 거치며 많은 전각이 소실되거나 중창되어 오늘에 이르고 있다.

선암사 입구 주차장에 차를 주차하고 양옆의 울창한 숲 사이로 나 있는 흙길을 따라 걷다 보면 숲과 계곡의 맑은 물소리가 세상의 무게를 잊게 해준다.

흙길을 따라 곧장 걷다 보면 계곡을 가로지른 아름다운 다리를 만나게 되는데 이것이 그 유명한 선암사의 승선교이다.

승선교는 보물 제400호로 지정된 아치형 무지개다리로 아치형 다리 사이로 보이는 강선루와 함께 고즈넉한 산사의 아름다움의 극치를 보여 준다. 승선교는 선녀들이 목욕하고 하늘에 오른다는 아치형 모양의 다리로 세

속의 번뇌를 다리 아래 흐르는 계곡물에 씻고 피안의 세계인 불국정토를 향해 가듯 계곡의 정취가 아름답다. 승선교가 선녀들이 하늘에 오르는 곳이라면 강선루는 선녀나 신선들이 하늘에서 내려오는 곳이라 여겨진다. 선암사에 수많은 볼거리가 있지만, 그 가운데서 강선루와 승선교의 멋진 조화는 선암사를 가장 절 다운 절로 만들어 주는 듯하다. 선암사 경내에 들어서서

왼쪽을 보면 그 유명한 선암사의 해우소가 나온다. 해우소는 선암사의 또 다른 명물로 문화재로 지정되어 있다.

(선암사 해우소)

정호승 시인은 선암사 해우소를 다음과 같이 노래하였다.

눈물이 나면 걸어서라도 선암사로 가라

선암사 해우소 앞 등 굽은 소나무에 기대어 통곡하라고

선암사 경내 곳곳의 고즈넉함에 취해 여기저기를 둘러본 뒤 내려오는 길에 파고라가 있는 흙길 가운데 보이는 오래된 나무가 있다. 이 나무를 자세히 쳐다보고 있노라니 묘한 감흥이 든다. 마치 나무가 우리를 향해 웃고 있는 것 같다. 나무에 깊게 파인 옹이와 흔적이 지나는 이들을 향해 무언가 이야기하는 듯하다.

세상의 무게를 털어내고 일상에 힘들어하는 중생들을 향해 말없이 진리를 알려주는 이 무야말로 선암사의 또 다른 명물이 아닐까 한다.

(선암사의 웃고 있는 나무)

많은 사람에게 진정한 비움에 대하여 웃음으로 이야기하는 저 오래된 고목에서 우리나라 제일의 절다운 절 선암사를 다시 한번 느끼며 세상의 무거운 짐을 털어내는 일상탈출의 시간을 한번 가져 보라.

유비의 리더십에 대하여

유비와 조조는 중국의 삼국지에 나오는 난세의 영웅이다.

유비는 일찍 아버지를 여의고 신발과 돗자리를 팔아서 생계를 잇는 어려운 환경 속에서 자라 휘하에 장비와 관우를 두고 호협과 교유하였으며 환건적의 난을 토벌하여 벼슬길에 오르고 손권과 연합하여 조조를 물리친 적벽대전으로 유명하다.

또한, 조조는 환관의 양자 아들로 황건란의 평정에 공을 세워 헌제를 옹립하고 216년 위왕에 올랐다. 그는 시문을 사랑하여 많은 문인들과 교유하였으며 시부에 능하였다.

오랜 세월 동안 많은 삶의 뇌리에 지워지지 않은 난세의 영웅으로 불리는 두 사람의 리더십을 비교하는 책 유비의 리더십을 읽고 몇 가지를 여기에 적어 본다.

유비와 조조는 여러 가지 면에서 차이가 있겠으나 여기서는 유비의 리더십을 중심으로 살펴본다.

조조는 세도 있는 집안의 아들이었지만 유비는 돗자리 장사에 불과했다. 그리고 조조는 많은 가족과 친척들이 있었지만, 유비는 친척도 재산도 없는 별 볼 일 없는 집안의 자식이었다.

조조는 시를 좋아하고 시부에 능한 지식인이었지만 유비는 뛰어난 문장가도 아닌 평범한 범부에 지나지 않았다.

또한, 조조는 관군을 이끌고 시작하였으나 유비는 시골구석에서 한심하기 짝이 없는 의병 몇 명으로 출발하였다.

그러나 모든 것이 한심한 유비가 촉나라를 세우고 삼국의 한 축으로서 역사에 아직 영웅으로 남을 수 있었던 연유는 무엇일까?

우리는 여기서 유비의 리더십과 인재를 발굴해서 쓰는 용병술을 눈여겨보아야 할 것이다.

유비는 언제나 자신을 낮춤으로써 스스로 높아졌다.

유비는 많은 사람으로부터 우유부단하다고 평가받았으나 힘없는 자신의 현실을 인식하고 주제 파악을 하였으며 겸손하게 모든 일에 다가섰다.

허점투성이 인물로서 유비가 천하를 제패하는 데는 실패하였으나

오늘날 새롭게 새로운 지도자의 전형으로 평가받을 이유는 더더욱 무엇인가?

그 이유는 여러 가지가 있겠으나 유비는 언제나 남의 말을 들을 줄 알았고 때를 기다릴 줄 알았으며 사람을 신뢰할 줄 알았다.

그의 책사 방토의 교만함과 지모를 이해해 주었고 성질 급한 장비의 단접에도 불구하고 장비의 용맹과 의리를 신뢰하였다.

또한, 유비의 최고의 장점은 인재 등용에 있었다.

유비는 누구보다도 열심히 인재를 등용하였다. 그 대표적인 예는 제갈량을 찾아 노력을 기울인 삼고초려에서 찾을 수 있다. 오늘날까지 인재를 초빙하는 대명사로 불릴 만큼 유명한 고사성어이다.

유비의 인재를 찾는 태도는 언제나 한결같았다.

나이가 많든 적든, 머리가 좋든 나쁘든, 유명하든 유명하지 않든, 지방 사람이든 도시 사람이든 모든 사람을

진심으로 존중하였다.

유비의 또 한 가지 중요한 인재 등용 방법은 군신수어지교(君臣水魚之交)라는 고사성어에서 보듯 관우와 장비의 수많은 비판과 만류에도 불구하고 새파란 제갈량에게 머리를 숙였다. 언제나 유비는 한결같이 제갈량에게 머리를 숙였다.

그리고 유비의 인재 등용의 유명한 사례로 일컬어지는 도원결의도 유비의 인재 등용과 중요성을 보여 주는 대목으로 관우와 장비와 맺은 끈끈한 정으로 맺은 처세술의 극치다.

조조가 성공한 사람으로 간사한 벼슬아치의 대명사로 오늘날까지 인식되고 있는가 하면 오랜 세월을 거슬러 오늘날까지 유비가 난세의 영웅으로 남을 수 있었던 중요한 이유는 신뢰와 믿음을 바탕으로 겸손할 줄 알았으며 모든 사람에게 보여 준 무한한 신뢰로서 오늘날 유비의 리더십이 재평가되는 이유라 하겠다.

삼국지를 쓴 진수는 유비를 평하기를 도량이 넓고 의지가 강하며 마음이 너그러워 인물을 알아보아 선비를 예우하였다. 또한, 그는 한의 고조인 유방의 풍모를 갖추었으며 영웅의 그릇이었다. 모든 나라의 일을 제갈량에게 부탁하고 조금도 의심이 없었던 것이 확실히 군신의 지극한 마음이었으며 고금을 통해 가장 훌륭한 모범이었다.

유비는 임기응변의 재간과 지략이 조조에 미치지 못했기에 국토 또한 협소했으나 결코 좌절해도 굴복하지 않으며 끝까지 조조의 신하가 되지 않았다

유비는 제갈량이라는 천재와 관우와 장비라는 일당만의 맹장과 더불어 자신의 자질 속에 부족한 점을 인정하고 장점을 충분히 발휘한 지도자였다.

따라서 유비는 지략으로 돋보이지 않고 무장으로 돋보이지 않을 줄 모르나 인재들을 거느리고 이들의 능력을 발휘할 수 있는 여건을 만들었다는 점에서 뛰어난 리더십의 소유자로 5천 년 중국 역사의 어떤 영웅에 뒤지지 않은 인물이라 하겠다.

제3부

세계는 넓다

세계의 문화를 찾아서
_新西遊見聞

외국이라고는 별로 여행해 보지 못했다. 하지만 우연한 기회에 유럽을 여행할 기회가 생겨 생전 처음으로 장시간 비행 끝에 유럽에 당도하였다. 유럽은 서양문화의 원천이자 본령으로 아직도 세계의 중심이다.

짧은 기간 유럽여행이었지만 나에게는 세계를 향한 새로운 시각을 가질 수 있는 더없이 좋은 기회였다. 11일간의 짧은 유럽 여행길에서 느낀 생각과 감회를 여기에 적어본다.

출발을 위한 준비

아침 일찍 일어나 사무실로 향했다. 왠지 마음이 조급하다. 사무실에 출근하여 미진한 업무를 조금이라도 정리하고 싶은 마음에서이다. 하지만 마음같이 일이 손에 잡히지 않는다. 아직 연수를 위한 준비도 채 하지 않은 상태 인지라 여러 가지가 걸린다.

전날 저녁 출근을 하여 몇 가지 잡무를 처리하기는 했지만 먼길을 떠나는 흥분과 설렘보다 긴 시간 자리를 비워야 하는 무거움이 마음을 짓누른다. 과장님과 소장님께 잘 다녀오겠다는 인사를 드리고 사무실 문을 나섰다. 시간을 재촉하여 점심을 하는 둥 마는 둥 하고 은행에 들러 환전을 하고 문방구에 들러 대학노트 한 권을 샀다.

혹시나 빠진 것이 없는지 여러 번에 걸쳐서 생각을 해보고 또 해 본다. 많은 사람이 함께 움직이는 여행 기간, 나 자신 혹여 전체의 일정에 누가 되면 안 된다는 생각에서다. 점심을 먹고 광주로 향했다. 오후에 광주에서 연수에 따른 여정 설명과 함께 주의 사항 등이 전달될 예정인 것 같다. 아침부터 흐리던 날씨가 오후 들어서는 빗방울로 바뀌어 내리고 있다.

회합시간에 맞추어 도착한 장소에는 몇 사람의 출발

예정자들이 삼삼오오 이야기를 나누고 있다. 중요한 회의의 몇 가지 줄거리는 출발에서부터 도착 그리고 10일간의 전 일정이 소개되고 반드시 지켜야 할 주의 사항등이 차례대로 전달됐다. 또한, 열흘간 같이할 사람들이 자기소개하는 순서를 가졌다. 모두 다 농촌을 위해 일하는 소명 의식들이 대단하다. 저녁 일정은 광주에서 잠을 잔 후 새벽 3시에 기상하여 출발하기로 하였다. 인근에 편의점에서 몇 가지 필요한 잡품을 구매하여 잠을 청했지만 잠을 이룰 수가 없다. 좀처럼 잠이 오지 않는다.

첫째 날

새벽 3시 모닝콜에 맞추어 잠을 자는 둥 마는 둥 일어나 고양이 세수를 하고 잠이 덜 깬 상태에서 버스에 몸을 실었다. 광주에서 인천을 향해 출발한 시간은 새벽 4시 정각 버스에 오르자마자 잠에 취해서 곯아떨어졌다. 안내방송에 잠을 깨어 보니 고속도로 천안 휴게소다. 어제처럼 날씨는 우중충하다. 아침 식사를 육개장으로 때우고 다시 출발하였다. 모두 다 연수에 따른 기대감으로 가득하다. 지금까지 몇 번의 해외연수를 다녀왔지만, 유럽은 처음이어서 나 또한 약간의 흥분감이 느껴진다. 우리 일행이 인천공항에 도착한 시간은 아침 9시 출퇴근 시간과 겹쳐서 예정시간보다 약간 늦게 도착하였다. 출국 수속을 마치고 검색대를 통과하는 순간 이제야 유럽 연수 기분을 실감한다.

인천공항에 도착하는 순간 다시 한번 인천공항의 웅장함에 놀랐다. 해외연수는 여러 차례 다녀왔지만, 김해공항을 통해서 다녀왔기 때문에 인천공항을 통해서 연수를 떠날 기회가 없었던 탓이다. 출국 수속을 모두 마치고 시간이 있어 면세점을 구경하였다. 면세점 몇 군데를 구경하면서 화려한 면세점 상품에 마음이 끌리는 것을 꾹 누르면서 전화카드와 장시간 비행기 안에서 읽을 책 한 권을 샀다. 책의 제목은 『우리나라의 절집』이다. 평소 우리 문화에 대한 애정이 남다른 터라 마음속으로 책에 관한 내용이 무척이나 궁금하였다. 유럽 문화에 대해 동경과 궁금증으로 센강의 푸른 물과 로렐라이 언덕의 도이칠란트가 더 없이 기다려진다. 유럽의 문화와 연수에 대한 내용정리를 위해 무거운 짐 가운데도 노트북을 어깨에 메고 간다. 여행사에서 보내준 자료에 의하면 유럽은 우리나라와 전압도 다르고 전자기기가 호환되지 않은 것이 많다고 하니 은근히 걱정되어 콘센트를 또 하나 샀다. 콘센트를 두 개씩이나 샀으나 허망 없이 헛돈을 쓴 것 같아 마음이 썩 유쾌하지 않다. 대한항공 KE 925편을 타고 첫 연수지인 네덜란드의 암스테르담으로 향했다. 이제 잠시 후면 내가 태어나고 자라 지금껏 살아온 대한민국과 멀어지게 된다. 이국의 땅을 밟게 된다. 마라톤을 시작하는 마라토너처럼 가지런히 발을 모으고 출발을 기다린다. 이제 비행기의 트랩을 밟는다. 비행기가 활주로를 달리는가 싶더니 이내 창공을 날아오른다. 누가 이토록 기묘한 기계를 만들어서 허공에 띄울 줄 알았을까? 참으로 신비스럽기 짝이 없다. 그 옛날 나이트 형제가 만들어낸 기묘한 기계가 오늘날 인류를 하나로 엮어 놓은 귀중한 유산이 되어 내려오고 있다고 생각하니 참으로 고맙기 짝이 없다.

12시간의 기나긴 여행길이 시작된 것이다. 참 비행기 안은 비좁고 답답하다. 이렇게 비좁고 힘겨움을 참아가면서 모두 여행을 한다고 하니 어쩜 고생을 사서 한다는 말이 어울릴 것 같다. 기내에서 기내식으로 점심을 해결하고 한잔 마신 와인으로 약간의 취기가 있다. 비행기는 이륙 후 몇 시간이 지났다. 비행기에서 바라보는 세상이 궁금하여 창밖을 내려 보았다. 아주아주 멀리 푸른 산과 바다가 보인다. 그리고 아득한 먼발치에서 흐릿하게 하얗게 눈 덮인 산들이 허리를 조아린다. 아마도 이곳이 우리 조상들이 아득한 옛날 넘던 우랄산맥이 아닌가 싶다. 우리 조상들은 눈 덮인 우랄산맥에서 말을 타고 수렵과 농업을 하면서 면면히 그들의 전통을 지켜왔으리라. 10,000M가 넘는 창공에서 내려다보는 우리들의 삶의 터전은 참으로 소박하다. 이토록 소박할 수가 있을까? 이처럼 작은 공간에서 우리는 아웅다웅하면서 산다. 참 부끄럽기 짝이 없다. 무심코 비행 안내 표시화면을 보니 벌써 유럽대륙에 들어선 것 같다. 지금 추세라면 약 세 시간 정도면 목적지에 도착할 수 있을 것 같다.

날짜 변경선을 지나 네덜란드 시각으로 3시 50분 흔들리던 여객기가 고도를 낮추더니 착륙을 시도한다. 기내방송에서는 계속해서 안전벨트를 매고 자리에 앉아 있으라는 방송이 계속된다. 잠시 후 우리 일행을 태운 여객기는 네덜란드 암스테르담 스키폴 공항에 착륙했다.

지구의 반대편 12시간을 공중에 떠서 달려온 땅 네덜란드, 언제나 '풍차와 튤립의 나라'라는 수식어가 따라다니는 네덜란드, 2002년도 월드컵에서 대한민국을 축구의 변방에서 일약 세계 4강으로 끌어 올린 거스 히딩크 감독의 조국, 구한말 일본 침략의 원한을 풀기 위해 이국땅, 이 먼 나라를 찾았다가 울분을 삭이지 못하고 죽음으로 항거한 이준 열사의 영혼이 살아 있는 곳, 왠지 네덜란드가 친숙하다.

입국 수속을 마치고 밖으로 나와 화장실로 갔다. 유럽에서는 화장실에서 용무를 보는 것도 돈을 내야 한다고 한다.

스키폴 공항의 모습은 무척 소박하다. 특별히 우람한 공항 같지도 않고 초라하지 않은 소박한 공항 그대로이다. 공항에 대기 중인 버스에 올라 공원으로 향했다. 저녁을 먹기에는 아직 이른 시간이라서 공원을 잠시 들른 후 저녁을 먹기로 했다. 공원으로 향하는 거리 곳곳은 무척이나 조용하고 정갈한 느낌이다. 우리나라의 도시와는 사뭇 다른 분위기이다. 거리에 돌출 간판도, 벽에 붙어 있는 화려한 네온사인도 없다. 거리는 차도와 자전거 도로가 나란히 있어 질서 정연한 느낌을 준다.

　시내에 있는 공원은 물과 숲 그리고 가축들이 함께 어우러져 천연적인 아름다움을 간직한 공원이었다. 이 공원 앞 입구에는 풍차가 서 있고 네덜란드가 낳은 유명한 화가인 렘브란트의 동상이 서 있다. 렘브란트가 이곳에서 창작 활동을 했다고 한다. 그래서 그런지 주위가 아름답고 신비스럽다. 운하의 물과 자연 그대로의 풀들이 어우러진 천혜의 아름다움을 가진 공원에 운하가 있는 모습은 한편의 서양화를 보는 것 같다. 공원의 입구에 있는 풍차와 네덜란드가 낳은 전설적인 화가 렘브란트의 동상 앞에서 사진을 찍고 다시 버스에 올랐다.

　웅장하게 솟아있는 즐비한 고층빌딩의 숲속에서 마천루같이 하늘을 찌를 듯 솟아있는 우리나라 도시와는 사뭇 다른 분위기를 느끼며 인류 문명을 주도해 가는 서양의 힘을 생각했다. 저녁 식사를 하기에는 이른 시간이지만 가이드를 따라 한국식당을 찾았다. 가이드의 손에 이

끌려 따라간 한식집은 담소(談笑)라는 이름의 아담한 한식집이었다. 긴 여행에 지친 우리 일행을 맞아 주는 주인의 구수한 된장국 솜씨와 한잔의 하이네켄 맥주는 이국에서 맛보는 최초의 즐거움이었다. 식사를 마치고 잘 가라는 주인의 인사를 뒤로하고 숙소로 향했다. 숙소는 식당과 그리 멀지 않은 북해가 보이는 해변 호텔이다. 호텔 이름은 NH JANBROOT호텔이고 북해의 파도가 금방이라도 달려와 덮칠 듯 가까운 곳에 있다. 신기하게도 북해에는 낙조가 아름답게 드리워져 있지만, 시간은 오후 9시도 넘었다. 오늘부터 3일간은 이곳에서 묵게 된다. 저녁 9시가 넘은 우리나라 같으면 밤인데도 아직도 대낮처럼 환한 이곳이 그저 신기할 뿐이다.

둘째 날

시차 적응이 안 된 탓인지 몸은 천근만근으로 잠을 쉽게 이루지 못하고 뒤척이다 일어나 시계를 보니 새벽 2시이다. 같이 왔던 동료들의 방에도 하나둘 불이 켜지기 시작한다. 나처럼 시차 적응이 안 되어 뒤척이는가 보다. 잠자리에 다시 들어 보고자 뒤척이지만 잠을 영 이룰 수가 없다. 여기에서 비행기로 12시간을 달려야만 갈

수 있는 땅 지구의 저편, 작고도 작은 한반도의 최남단 작은 시골에서 무지몽매한 농업인들을 계도 하는 일에 종사해오면서 지금처럼 가슴 뿌듯하기는 처음이다.

긴 여행의 피로와 밤을 새운 탓인지 한없이 몸이 무겁다. 이불을 박차고 트레이닝복 차림으로 호텔의 주변 경관과 북해의 해변을 살펴보고 싶은 마음에 무작정 밖으로 나갔다. 해변은 비교적 깔끔하게 정돈되어 있고 길가에 주택들은 가지런히 정원을 품에 안고 서 있다. 그러나 참 이상하게도 바닷물의 파도는 우리가 사는 곳이나 이곳 모두 같은 것 같은데 이곳의 바닷물은 검은 색깔이다. 우리가 묵고 있는 암스테르담이라는 도시는 참 조용한 도시이다. 저녁 7시만 되면 날이 훤하지만 대형마트나 술집, 식당 등 모든 가게가 문을 닫고 호화롭지 않은 집들은 아기자기한 정원으로 꾸며져 있다. 이곳 암스테르담 사람들은 휴일에 집을 청소하고 화초를 가꾸며 지내는 것이 유일한 행복이란다. 참으로 소박한 삶이고 보람된 삶인 것 같다. 호텔 식당에서 아침 식사를 마치고 우리 일행의 첫 번째 공식 방문지인 파프리카 농장으로 향했다. 버스를 타고 가는 길가의 시내 주택가에는 올망졸망하고 깔끔하게 잘 정돈된 집들이 즐비하다. 집들 대부분은 아담한 정원들로 꾸며져 있고 자연과 잘 조화되어 있다. 참 부럽다. 드넓은 초지와 아담한 시가지를 지나 도착한 파프리카 농장은 JAN VEN DEN BOSCH라는 농장이었다. JAN VEN DEN BOSCH라는 파프리카 농장은 명실공히 네덜란드에서 가장 규모가 큰 농장이란다. 농장이라고 하기보다는 차라리 공장이라는 말이 어울릴 것 같다. 파프리카 농장에 도착한 우리 일행은 이 농가의 대표이자 주인인 JAN의 따뜻한 환영과 설명을 들었다. 이 파프리카 농장은 양액 재배하는 곳으로 14명의 직원이 일하고 있으며 생산된 파프리카는 일본, 캐나다, 미국 등으로 수출한다. 특히 이곳에서는 천적을 활용하여 병해충을 예방하고 컴퓨터에 의한 제어시스템을 갖추고 온습도 조절을 하고 있다. 또한, 포장에서 선별 등 전 과정을 자동시스템으로 처리하고 있다. 이 파프리카 농장 견학은 과학 영농이라는 측면에서는 공감하는 부분이 있지만, 네덜란드와 우리나라의 현실적인 여건의 차이와 자본 등에서 비교가 되지 않기에 우리 농업에 직접 적용에는 한계가 있는 것 같다. 더욱이 주인의 서툰 설명과 통역상의 문제점으로 아쉬움이 남는다. 파프리카 농장 견학을 마치고 암스테르담 시내로 향했다. 암스테르담으로 가는 길가에 농촌은 한가로이 양 떼가 무리 지어 노는 아름다운 목장이 있고 푸른 초원이 펼쳐져 있는 목가적이고 전원적인 모습이다. 전통적인 농업 국가이면서도 농업에 관한 관심이 날이 갈수록 희미해져 가고 있는 우리나라의 농업 현실을 보면서 서구의 선진국은 모든 나라가 농업을 중요시한다. 놀라지 않을 수 없다. 농업 발전 없이는 선진국이 될 수 없다는 등식을 보여 주는 대목이라 생각된다.

암스테르담 시내로 향하는 길에 풍차마을 잔세스칸스 마을을 들렀다. 잔세스칸스 풍차마을은 대부분의 네덜란드의 마을이 그러하듯이 해수면보다 낮은 곳에 있어 풍차를 돌려 물을 퍼내는 작업을 해야 했기에 옛날에는 수백 개의 풍차가 있었다고 한다. 그러나 지금은 몇 개의 풍차만이 남아 관광객을 맞고 있다. 늪지대에 풀과 물 그리고 초지가 함께 어우러져 네덜란드다운 풍광을 자랑하는 잔세스칸스 풍차마을에는 옛날 대대로 내려오는 나막신을 만드는 과정과 치즈 만드는 과정을 소개해주는 기념품 가게가 있다.

나막신을 만드는 과정을 소개해주는 나막신 기념품 가게에 한국말로 나막신의 제조과정을 소개하는 젊은 친구가 무척 이채롭고 흥미롭다. 그리고 네덜란드 전통의 치즈 생산 공장에서는 한국인 관광객을 위해서 훈제 치즈까지 개발하여 판매하고 있는 것을 보고 놀라지 않

을 수 없었다. 두 곳의 가게를 둘러보면서 나의 고향 송
광사와 선암사, 낙안읍성의 기념품 가게가 생각난다. 조
잡하기 짝이 없는 물건과 특색 없는 물건, 이제 우리도
관광기념품 개발을 위해 노력해야 할 것 같다. 처음 이
곳에 도착하여 이 풍차 마을이 나막신과 어떤 관계가 있
는지 궁금했다. 나막신은 두껍고 습기에 강하여 이런 습
지에서 신기에 적합하고 힘든 농사일을 하면서 발을 다
칠 수 있는 위험으로부터 보호해준다고 한다. 가이드의
자세한 설명에서 궁금증을 해소할 수 있었다. 마른 버드
나무를 재료로 나막신을 깎아 예쁜 색깔을 칠하여 기념
품으로 판매하는 나막신이 아름답고 깜찍하기까지 하
다. 나막신 기념품 가게 앞에는 커다란 나막신을 만들어
놓고 관광객들이 사진을 찍을 수 있도록 하고 시선을 붙
잡는다. 전통적인 제작법으로 2시간씩 걸려서 만들었던
나막신을 지금은 열쇠를 복사하는 기계를 활용하여 제
작하고 있다.

전통적인 나막신 제조과정과 치즈 제조과정을 보면서 우리 고장 순천 낙안읍성의 손 두부 만드는 방법이나 순대 만드는 방법 등을 관광객들에게 보여 주고 기념품으로 판매할 수 있었으면 하는 생각을 해본다. 특히 이곳 풍차 마을의 치즈 가운데 한국인들을 위한 훈제 치즈까지 있다고 하니 이들의 마인드를 알 수 있을 것 같다. 치즈 공장을 돌아 점심 식사를 위해 다시 암스테르담으로 들어섰다.

가는 곳마다 물의 도시라는 것을 실감할 수 있다. 운하와 수상가옥이 즐비하다. 한쪽으로는 자전거가 달리고 운하에는 유람선과 화물선이 달리며 버스와 차량이 평화롭게 달리는 암스테르담은 전원적인 분위기가 물씬 풍기는 도시이다. 점심을 먹기 위해 중국식당 南天을 찾았다. 남천이라는 중국식당은 입구가 조용하고 허름했지만, 안으로 들어갈수록 널찍하게 꾸며져 있다. 식당 군데군데 중국 사람들로 보이는 동양인들이 점심을 먹고 있다. 이제 이곳 유럽에서 중국인들을 만나는 것은 낯설지 않다. 다시 한번 중국의 위세를 느낄 수 있는 대목이다. 남천의 중국 음식은 맛도 좋고 양도 충분하여 우리 모두를 만족하게 했다. 점심 식사를 마치고 우리 일행은 네덜란드의 젖줄인 운하로 향했다. 이제 암스테르담 어디를 가도 물과 운하 자전거는 필수적인 듯하다.

암스테르담에서는 어느 곳을 막론하고 배를 타고 시내의 목적지에 갈 수 있다고 한다. 그리고 운하를 통해서 출퇴근도 하고 운하 위에 수상가옥을 지어 살기도 한다. 암스테르담 중심가 유람선 선착장에서 유람선을 탔다. 운하를 통해 시내를 돌아보면서 서구 문화의 다양성을 다시 한번 느끼며 운하 양옆으로 늘어선 몇백 년이 넘은 건물들을 보면서 서양의 실용주의를 본다. 예로부터 북해에 면해 있으면서 세계에 많은 식민지를 개척한 네덜란드 사람들의 기개가 이 운하에서 면면히 흘러내리는 것 같다. 16~17세기경 세계를 주름잡으며 식민지 개척에 나섰던 출발이 된 곳 바로 이곳이다.

운하를 운행하는 유람선의 뱃머리에서 지금으로부터 300여 년 전 하멜을 생각한다. 하멜은 1613년 제주도에 표류하다 상륙하여 13년 6개월을 우리나라에서 살다가

탈출하여 하멜표류기를 쓰고 은둔의 나라 조선을 서양에 최초로 소개하였다. 하멜 일행은 원래 동인도 회사의 선원으로 64명이 네덜란드에서 출발하여 타이완을 거쳐 일본의 나가사키로 향하던 중 우리나라의 제주도에 32명만이 살아서 상륙하였다. 제주도에 상륙한 하멜 일행은 제주도가 일본인 줄만 알았다. 제주도에서 강진과 완도를 거쳐 서울로 압송되어간 하멜 일행은 조선 정부에서 마련해준 거처에서 생활하면서 수없이 탈출의 기회를 엿보았으나 실행하지 못하던 중 분산 수용된 틈을 타 일본으로 탈출하게 된다.

조선과 네덜란드 간의 이 최초의 인연은 이후 거스 히딩크 감독을 계기로 우리에게는 더욱더 친근한 나라로 기억되게 된다. 유람선으로 시내를 한 바퀴 돌고 난 후 우리 일행은 암스테르담에서 가장 넓다는 담 광장으로 향했다. 담 광장은 네덜란드에서는 보기 드문 비교적 넓은 광장이다. 세계적으로 보면 여기 이 담 광장은 보잘것없는 작고 흔한 광장에 불과하지만, 운하의 나라 네덜란드에서는 이만큼 한 광장은 거의 없다. 그리고 네덜란드 왕궁과 사회주의 국가 네덜란드 유일의 백화점이 광장에 자리 잡고 있다.

저녁을 먹기 위해 찾아간 곳은 네덜란드 정통식당이

다. 네덜란드는 다른 나라보다 음식이 특별한 게 없다고 한다. 생선과 감자를 소재로 한 현지식은 우리 일행에게 적합하지는 않았지만, 서구인들의 식생활을 체험해 볼 좋은 기회였다. 저녁 식사를 마치고 8시가 넘어 식당을 나섰다. 저녁 8시가 되면 우리나라 같으면 어슴푸레하게 땅거미가 지고 가로등이 거리를 밝히는 시간이지만 여긴 아직 해가 중천에 떴다. 돌아오는 길목에서 만난 자전거의 물결과 자전거를 보관하는 아파트형 자전거 주차장을 보고 이들의 검소한 생활을 보면서 부러운 생각이 든다. 네덜란드는 고속도로에 통행료를 받는 시설이 없다. 이는 차량을 처음 구매할 때 차량 가격에 세금을 포함한다고 한다. 세금은 가스를 사용하는 차량이 가장 비싸고 그다음은 디젤, 휘발유 순서라고 한다. 차량 유지비가 적게 드는 차량일수록 구매 시 세금이 비싸다니 이 사람들의 실용정신에 다시 한번 놀랐다.

셋째 날

어제보다는 조금 늦었지만 그래도 아직 정상적인 몸 상태가 아니어서 컨디션이 몹시 안 좋은 상태이다. 어제처럼 오늘도 새벽 3시에 잠이 깨었다. 잠시 일어나 담배 한

개비를 피워 물고 다시 잠을 청했다. 그러나 잠이 영 오지 않았다. 일찍 일어나 옷을 챙기고 오늘 갈 목적지에 맞추어 짐을 꾸렸다. 아침을 먹고 부슬부슬 내리는 이슬비를 맞으며 공중전화기를 찾았다. 전화기가 있을법한 지역을 몇 바퀴를 돌았지만, 공중전화기를 찾을 수 없었다.

호텔에도 전화기가 없고 밖에 공중전화 부스도 없으니 네덜란드에 와서 벌써 3일이 지났지만, 집에 전화 통화도 못 해서 식구들에게 못내 미안한 생각이 든다. 그리고 사무실도 궁금하고 몇 번을 전화기를 찾아 발품을 판 덕에 간신히 전화 부스 하나를 발견했다. 전화기 부스로 들어가 전화카드를 넣고 전화를 시도해보았다. 어쩜 이럴 수가 그토록 힘들게 찾은 전화기가 고장 난 전화기라니, 어쩔 수 없이 돌아와 버스에 몸을 싣고 세계 최대의 꽃 경매장 알스미어로 향했다.

알스미어로 향하는 길가에 비를 맞으며 농장에서 일하는 농부들을 보았다. 그리고 농장과 길가의 풀밭에는 자연 상태 그대로 풀들이 자라고 있었다. 세계적인 농업 국가 네덜란드! 여기가 농업인들의 천국이라는 생각이 머리를 스친다. 우리나라 면적의 5분의 1밖에 되지 않은 작은 나라지만 광활한 면적의 초지를 보면서 산이 많은 우리나라의 현실을 생각해본다. 이런저런 생각하는 사이 어느덧 버스는 알스미어 꽃 경매장에 도착했다. 꽃 경매장에는 벌써 많은 사람이 와 있었다. 연간 72조 원에 이르는 경매 금액에도 놀랐고 13km에 이르는 경매 레일에도 놀랐다. 이곳 알스미어는 기네스북에도 오른 경매장이라고 한다.

또한, 여기 도매시장에서 일하는 사람의 숫자만도 2000명에 이른다고 하니 그 규모를 짐작할 수 있다. 그리고 여기에서 경매된 꽃은 24시간 내 세계 각국으로 비행기를 통해서 배달된다고 한다. 수만 수백 종의 꽃들이 카트차에 실려 가는 모습과 경매장의 꽃 경매 시계를 통해 불과 1초에 경매가 이루어진다니 이 또한 놀랍다. 알스미어에서 나오니 아침에 이슬비처럼 내리던 비가 이젠 더욱 세차게 내린다.

꽃 경매장을 뒤에 두고 다시 암스테르담 중심가에 있는 다이아몬드 가공 공장으로 향했다. 네덜란드는 세계 제일의 다이아몬드 가공 생산국이다. 다이아몬드는 원래 광물 가운데 가장 비싼 광물로서 보석으로서의 가치뿐 만이 아니라 공업용으로도 그 중요성을 인정받는 귀한 광물이다. 여기 이 보석가공 공장에서는 다이아몬드를 57면체로 가공한다고 한다. 그리고 이 보석가공 공장에 들어서자마자 한국인으로 보이는 사람이 가이드로 나선다.

말씨는 경상도 억양인 사람으로 이 보석가공 공장에
서 한국인 관광객 가이드로 생각된다. 이곳에도 한국 사
람들이 무척 많이 들르는 모양이다.

우리는 다이아몬드를 흔히 이야기할 때 우리는 몇 캐
럿이냐고 묻는다. 그러나 다이아몬드의 캐럿은 보석의
크기를 이야기하는 것이 아니라 무게를 나타내는 것이
란다. 지금까지 알고 있던 잘못된 나의 상식을 깨우칠
수 있어서 부끄러운 기분이 든다. 다이아몬드 가공 공장
을 나와 식사를 위해 중국식당 福緣에 들렀다. 여름 날
씨지만 비가 오는 날씨는 쌀쌀하게 느껴진다. 따끈한 녹
차를 마시니 금세 몸이 뜨거워지는 것 같아서 좋다.

점심을 먹고 네덜란드의 농민교육기관인 PTC+ 방문
을 했다. 세계 굴지의 농민교육기관으로 우리나라를 비
롯한 여러 나라에서 네덜란드의 농업을 배워가기 위해
온다고 한다. 농민교육기관인 PTC+는 원래 전국에 25

개가 있었으나 분야별 농업교육의 강화를 위해 통합하여 6개의 ptc+가 되었다고 한다. 특히 이곳은 1년에 전국에서 2,000명의 교육생이 수강하고 있으며 외국으로부터 연간 700명의 농민이 연수에 참여하고 있다고 한다. 여기 교육기관에서 수료를 마친 교육생들은 분야별로 자격증을 취득하며 현재 우리나라의 경상남도에서는 유망하고 전도양양한 농업인들을 선발하여 위탁 교육을 시행하고 있다.

PTC+의 여러 가지 문제점과 어려움에도 불구하고 네덜란드 사람들은 이런 교육기관에 자발적으로 참여한다고 한다. 농업이 모든 산업의 가장 중심이라는 네덜란드 사람들의 인식들이 무척 부러운 까닭은 협소한 반도의 우리나라의 실정과 너무나도 다르기 때문이다.

PTC+를 출발하여 저녁밥을 먹기 위해 담소라는 한식집으로 향했다. 담소에 도착한 우리 일행은 우리나라의 메뉴를 골라 국밥을 했다. 식사가 나올 때까지 차에서 있었던 토론을 지금도 계속하고 있다. 우리나라 면적의 5분의 1밖에 되지 않고 전체 국토 면적이 해수면보다 낮은 나라에서 광활한 목초지와 농업을 통해서 유럽의 그 어떤 나라보다도 부유한 농업 국가로 당당히 살아가는 나라 네덜란드에 대한 토의가 계속되고 있다. 저녁 식사를 마치고 숙소로 돌아오는 길에 암스테르담 운하의 물을 조절하는 기능을 갖춘 시설과 농촌 지역의 풍광을 보면서 다시 한번 네덜란드의 저력을 실감했다.

숙소에 도착하여 룸메이트와 함께 하이네켄 맥주를 마시며 네덜란드의 밤을 아쉬워한다. 가벼운 맥주 한잔으로 나누는 담소는 그동안 두껍게 드리워진 서로의 벽을 허물어뜨리기에는 부족하지만 새로운 분위기를 맛보기에는 충분하다. 아직도 채워지지 않은 암스테르담의 밤이 북해 해변을 걸어보고 싶은 충동으로 다가왔다. 트레이닝복 차림으로 해변으로 향했다. 유난히도 검은 물과 백사장은 밤 달빛에 더욱 검게 느껴진다. 북해의 바람에 취해 시간 가는 줄 모르고 해변을 걷다가 돌아와 밤 12시 40분 잠을 청한다.

넷째 날

이제는 어느 정도 적응이 되었는지 새벽 4시에 잠을 깼다가 잠을 다시 잤다. 이전보다는 훨씬 가벼운 몸을 느낄 수 있다.

아침 모닝콜과 함께 일어나 보니 어김없이 다시 하늘엔 이슬비가 내린다. 이곳 날씨는 1년에 365일 중 300

일 정도가 흐리거나 비가 내리고 65일 정도만 맑은 날씨란다. 언젠가 TV를 보면서 서양 사람들의 옷 입는 것에 대해서 궁금한 점이 있었는데 오늘에야 그 궁금증을 풀 수가 있는 것 같다. 아침에 세차게 비가 내렸다가 오후에는 따가운 햇볕이 내리쬐는 유럽 날씨에 적응하기 위해서는 두꺼운 옷도 입었다가 짧은 옷을 입었다가 해야 할 것 같다.

식사를 마치고 버스 위에 오르기 전 담배를 피워 물고 있노라니 반대편 서양 여자아이가 우리 일행보고 조금 조용히 해달라고 주문한다. 무척 건방진 모습이다. 아니 이 나라 사람들 모습을 보는 것 같다. 당돌하다고나 할까? 자기의 공간이나 분위기를 침해받지 않으려고 하는 서양인들의 모습이 여기 이 어린 소녀의 모습과 무엇이 다를까?

3일간 우리 일행이 묵었던 NH 호텔에서 떠나 이제 독일로 향한다. 처음 올 때도 그랬듯이 길 양옆에는 아름드리나무들이 풀과 함께 어우러진 거리를 지나 넓은 초원 위를 달리는 기분이 정말 좋다. 암스테르담을 빠져나가는 길목에 할렘이라고 쓰인 간판이 보인다. 할렘이라는 말은 언젠가 미국에서 선교를 위해 우리나라를 찾았던 할렘농구단에서 할렘이라는 말을 들어 낯설지 않다. 그러면 미국의 할렘과 여기 할렘은 어떤 상관이 있을까? 원래 할렘은 네덜란드에서 최고의 귀족과 부유층이 살던 곳이다. 콜럼버스가 신대륙 발견하고 신대륙 개척을 위해 유럽의 모든 나라에서 미국으로 건너가 신대륙에 정착하였는데 당시 귀족과 부유층들이 조국 네덜란드의 할렘을 그대로 신대륙에 만들어 보고자 했다고 한다. 할렘을 지나 고속도로에 접어들었다.

비록 고속도로라고는 하나 아직도 거북이걸음을 계속하고 있다. 오전 11시 30분이 지나 고속도로의 정체가 풀리고 시원스레 차는 속도를 더한다. 버스가 속도를 내는가 싶더니 금방 독일이라고 가이드가 안내한다. 독일 국경을 넘는 데는 불과 몇 초에 불과하다. 똑같은 고속도로 위에서 아무런 제재도 없이 국경을 통과하는 신기함에 우리네 감정으론 선뜻 이해가 되지 않는다. 유럽은 이제 하나의 경제블록이자 커다란 국가에 불과 한 것 같다. 유로화라는 단일 통화를 매개로 커다란 경제권을 형성하여, 한 나라처럼 살아가는 이들이 한편으로 부럽고 한편으로 두렵다. EC라는 단일 경제 블록을 만들어낸 이들의 저력이 무섭다.

이런저런 생각하는 사이 독일의 국경도시인 쾰른에 도착했다.

이곳 쾰른까지는 네덜란드에서 그리 멀지 않은 길인데

도 운전기사의 운전과 지리 미숙으로 14시가 되어서야 퀼른에 도착할 수 있었다. 퀼른 시내를 관통하여 퀼른의 명물인 퀼른성당 앞에 도착하였다. 때마침 성당으로 향하는 신도들의 행렬을 운 좋게 볼 수 있었다. 원래 독일은 종교개혁을 통해 개신교가 성한 나라였다고 한다.

그러나 독일에서도 여기 퀼른은 가톨릭 신도가 독일 내에서도 가장 많은 도시란다. 그래서 그런지 퀼른 대성당은 그 웅장함 만으로도 나를 압도하기에 충분하다. 퀼른 대성당 앞에 서는 순간 무언가에 가위눌린 듯 꼼짝할 수가 없었다. 이 거대한 성당은 1200년경부터 지어지기 시작하여 1880년에 완성된 성당으로 동방박사의 유해가 안치된 유명한 역사성을 가진 성당이다. 퀼른 대성당은 높이만 해도 157m에 달하고 넓이는 84m의 매머드 성당이다. 독일이 신성로마제국의 지배를 받고 있을 때 퀼른의 대주교가 신성로마제국에 협력해준 보답으로 동방박사의 유해를 여기에 안치하게 해주었다고 한다. 쾰른 시내를 관통하고 흐르는 독일의 대표적인 라인강은 스위스의 알프스 산록에서 발원하여 독일, 스위스, 오스트리아 3개국을 거쳐 네덜란드를 지나 북해로 흘러간다. 특히 이곳 쾰른은 흑사병의 잦은 창궐로 인하여 아픈 역사를 많이 간직한 도시로 옛날에는 깨끗하지 못한 이미지를 간직한 도시였으나 현재는 인구 100만 명이 넘게 사는 독일 유수의 도시로 성장하였다.

독일과 우리나라는 약간의 공통점을 가지고 있다. 독일과 우리나라의 첫 번째 공통점은 분단국가였다는 점이다. 2차 세계대전의 중심에선 국가로 동독과 서독이 분리되어 이산의 아픔을 고스란히 간직했던 아픔을 공유한 나라다. 그리고 두 번째 공통점은 국민성이 근면, 성실하다는 점이다. 세 번째 공통점은 우수한 두뇌를 소유한 민족이라는 점이다. 물론 나의 생각일 뿐 객관성이 있는지는 모르지만…….

라인강을 따라 프랑크푸르트로 가기 위해 고속도로에 차를 올렸다. 독일의 고속도로를 우리는 아우토반이라고 부른다. 우리가 한국에서 알고 있는 아우토반은 속도제한이 없는 무제한의 고속도로라는 의미로 받아들여지고 있다. 하지만 여기는 고속도로의 속도제한이

130km라고 적혀 있는 것을 보니 130km의 속도까지만 속도를 낼 수 있는 고속도로인가 보다.

1960년대 우리나라의 박정희 대통령이 서독을 방문하고 돌아가서 경부 고속도로를 건설하였다고 한다. 이러한 연유에서 우리나라의 고속도로는 독일의 고속도로와 가장 많이 닮았다고 한다. 또한, 박정희 대통령은 독일의 푸른 숲을 보고 치산치수 사업을 전개하여 오늘날 우리가 세계에서 가장 빠른 기간에 산림녹화를 이룬 나라가 되었다고 하니 독일은 우리에게 있어서 귀중한 선배 나라임이 틀림없는 것 같다.

1960년대 우리나라와 독일의 인연은 광부의 파견과 간호사들의 진출로 이어진다. 동족상잔의 6·25를 거치며 피폐해진 나라의 경제부흥을 위해 그들이 흘린 땀의 가치는 형언할 수 없을 정도로 값지다 하겠다. 이토록 멀고 먼 나라의 땅속에서 그리고 말도 통하지 않은 이국의 병원에서 흘린 그들의 땀방울에 우리는 다시 일어설 수가 있었고 오늘날 한강의 기적을 창출했으리라.

라인강을 끼고 달리는 고속도로의 차창 밖으로 보이는 독일의 풍경은 한편의 서양화를 보는 것 같다. 넓게 펼쳐진 푸른 초원에 옥수수밭과 보리밭 그리고 유채밭이 한데 어우러진 풍경은 가히 비경이라고 할만하다. 간간이 산 위에 보이는 중세의 고성들은 아름다운 독일을 더욱 아름답게 만들고 있다. 현재 독일에는 아직도 1,000여 개의 중세 고성들이 있다고 한다. 독일은 우리나라보다 위도상으로는 북쪽에 있다. 하지만 기후와 풍토는 우리나라와 거의 흡사하여 왠지 낯설지가 않다. 지금 도로 옆에는 소나무 숲이 보인다. 유럽에 와서 처음 보는 소나무 숲이다. 너무도 아름다운 풍광이다.

라인강 강물 위에는 유람선과 함께 화물을 실은 배들이 지나고 그 사이로 보이는 고성들이 아름답다고 느낄 즈음 우린 비탈진 어느 언덕을 넘고 있었다. 이곳이 그토록 유명한 로렐라이 언덕이란다. 원래 로렐라이는 암벽을 이야기하는 '로뎀과 물이 흐른다'라는 의미의 라이의 합성어로 로렐라이라는 아주 예쁜 아가씨가 사랑하는 사람을 바위에 앉아 기다릴 때 라인강을 지나는 배들이 아름다운 아가씨를 보다가 암초에 부딪혀 수없이 침몰해 갔다는 전설이 서려 있는 곳이기도 하다. 이 로렐라이는 독일의 유명한 시인 하이네가 시로 노래하여 더욱 유명해졌고 우리나라에도 로렐라이 노래가 불리었다. 로렐라이 언덕에서 바라본 라인강은 한편의 그림 같다. 로렐라이 언덕에서 잠시 내가 사는 고향 순천을 생각해본다. 내가 사는 순천의 죽도봉 공원과 이 로렐라이는 별반 차이가 없다.

다만 로렐라이는 이야기를 만들어내고 그것이 문학과 함께 결부되어 세계화되었다는 사실만이 차이가 있을 뿐. 바로 이것이라는 생각이 머리를 스친다. 관광은 문화라는 생각이. 로렐라이 언덕은 문학과 전설과 문화가 하나가 되어 고유의 브랜드를 만들어내고 수백만 명의 관광객이 찾고 있는 이 현실을 나는 지금 눈으로 보고 있다. 로렐라이 언덕을 내려오는 버스에서 로렐라이에서 받은 감응과 충격으로 설레는 흥분이 좀처럼 가라앉지 않는다.

얼마쯤 달렸을까? 숲이 우거지고 깔끔한 서양풍의 도시가 눈앞에 다가선다. 프랑크푸르트다. 프랑크푸르트는 독일에서 한인들이 가장 많이 거주하는 도시이다. 그리고 1960년대 우리나라의 광부가 파견되었던 도시이기도 하다. 또한, 우리나라의 한 시대를 풍미했던 축구

스타 차범근 선수가 현역 시절 활약했던 도시이기도 하여 친근감을 느낀다. 프랑크푸르트에 도착하자마자 저녁 식사를 위해 식당을 찾았다. 우리가 찾은 식당은 시내의 중심가에서 약간 떨어진 江南이라는 한식집이다. 강남이라는 한정식집은 프랑크푸르트에 있는 한식집 중에서도 맛있기로 소문 난 집이란다. 그래서 그런지 강남에서 먹은 순두부찌개는 몇일 간의 이국에서 얻은 피로를 잊게 할 만큼 맛이 있다. 식사를 마치고 숙소로 향했다. 우리가 묵을 숙소는 골든 튤립이라는 호텔로 식당과 거리가 그리 멀지 않은 곳에 있었다. 오랜 시간 버스에 시달린 탓인지 오늘은 금방 잠을 이룰 것 같다. 이제 잠을 청한다.

다섯째 날

오늘은 5월 18일

아침에 일어나 눈을 뜨고 생각해보니 오늘이 광주항쟁기념일인 5월 18일이다. 한국을 떠나 유럽에 온 지 며칠 되지도 않았지만, 문화의 사각지대에 사는 것 같다. 우리나라에서는 어디를 가도 인터넷이 있지만, 이곳에는 인터넷이 호텔에서도 사용하기가 쉽지 않다. IT 강

국 대한민국을 느끼며 알 수 없는 자신감과 긍지를 느낀
다. 아침 식사를 마치고 버스 올랐다. 어제에 이어 오늘
도 싹싹한 가이드의 입담이 이어진다. 프랑크푸르트에
서 2시간을 넘게 달려 찾아간 곳은 1200년경 중세의 성
이 있는 로텐부르크라는 도시이다. 중세의 숨결을 간직
한 로텐부르크에는 안데어타우베라는 성이 있다. 옛날
중세의 성이 그대로 있고 중세시대의 생활방식을 그대
로 간직한 성 안데어타우베는 지중해나 유럽, 동양권 관
광객들이 많이 찾는 관광지다.

군이 말하자면 우리나라의 용인민속촌이나 낙안읍성
같은 곳이라고나 할까. 수많은 관광객 사이에 섞여 사진
도 찍고 몇백 년 전의 전통방식 그대로 생활하는 성안
사람들의 모습이 낯설지 않고 정겨워 보인다. 성을 한
바퀴 돌아 성의 북쪽 문 쪽에 있는 레스토랑을 찾아 점
심을 청한다. 우리 일행이 식사하려고 찾아간 곳은 성의
안쪽에 있는 조그만 레스토랑으로 식당 겸 호텔로 사용
되고 있는 곳이다. 고풍스러운 레스토랑의 분위기와 성
문 밖의 너도밤나무가 어우러져 장관을 연출하고 있다.
너도밤나무는 독일에서는 초등학교 학생들의 공작 실
습재료로 가장 많이 쓰이는 나무란다. 흔히 마로니에라
고 부른다. 너도밤나무 꽃에 쌓여 있는 안데어타우베 성

에는 현재 3,000명 정도의 사람들이 성안에 살고 있다. 이 정도라면 중세의 성 중에서 비교적 큰 성(城)이다. 안데어타우베 성의 문을 나서려는데 성 밖의 잔디와 풀이 하도 아름다워서 사진에 담아보려는 욕심에 잠시 셔터를 눌러 댄 후 버스에 당도하였더니 모두가 앉아서 나를 기다린다. 조금은 멋쩍고 미안한 생각이 든다.

다시 고속도를 타고 얼마를 달렸을까 한적한 시골 기분이 나는 마을이 나타났다. 이곳은 뷔르츠부르크라는 옛날 도시란다. 옛날에는 이곳에 임금이 거주하였던 곳으로 지금도 왕궁이 있다고 한다. 그리 크지 않은 도시이지만 웅장한 서양식 건물과 장미꽃이 조화롭게 장식된 정원이 탄성을 자아내게 한다. 언젠가 농촌진흥청에서 실시한 교육에 참여하면서 조경과 관련한 교육을 수강했던 적이 있는데 그때 사진 속에 소개된 정원이 지금, 이 정원이 아닌가 싶다. 몇 년 전 우연한 기회에 제주도에 있는 여미지 식물원을 둘러볼 기회가 있었다. 제주도의 여미지 식물원에 있는 서양식 정원도 바로 이 왕궁의 정원을 본뜬 것이라는 추측이 든다. 왕궁을 나와 구시가지를 돌아보면서 오랜 전통과 옛날 사람들의 손때 묻은 구조물들을 보면서 관광은 결코 볼거리만으로 이루어지는 것이 아닌 문화가 함께 할 때 영속성을 가질 수 있다고 한다.

뷔르츠부르크의 거리는 전차가 길을 가로지르고 택시와 자전거 사람이 혼잡스럽게 얽혀 있지만, 번잡하지 않고 오히려 자연스럽게 느껴진다. 고풍스러운 분위기의 석조건물에 빨간 제라늄 화분이 걸려 있고 군데군데 널려 있는 조각상들은 평화롭고 환상적이라는 말 이외에는 다른 수식어가 생각나지 않는다.

너무도 차분하고 고풍스러운 여기 이 도시의 정적인 모습은 서양의 중세 도시문화를 느끼게 한다. 네덜란드가 산이 없고 자연 그대로의 농업을 하고 있다면, 독일은 조방적 농업에 중세를 거쳐 오늘에 이르는 모든 문화 자원을 관광으로 엮어 농촌과 도시가 공존하는 틀을 유지하고 있는 것 같다. 가장 독일다운 모습을 오늘 본 것 같다. 기독교라는 세계적인 종교를 매개로 거대 유럽의 움직임을 느끼는 것 같다. 위기감이 몰려온다. 그러나 이러한 현실적인 여건과 제약의 틀 속에서도 우리는 무한한 가능성을 발견한다. 서양 사람들의 문화 깊숙이 들어가 진정 이들에게 필요한 것을 찾고 이들의 생활 습성과 여건 등을 검토하여 차분하게 도전한다면 거대 유럽 시장도 불가능한 것이 아니라는 생각이 든다. 이러한 관점에서 농업 쪽에서도 큰 노력을 기울인다면 세계 속의 한국 농업은 다시 서리라는 확신을 지니게 한다. 한국인 특유의 적극성과 섬세함을 바탕으로 끈기와 기술을 접목하고 이들이 좋아하는 농산물을 생산해서 수출한다면 충분한 가능성이 있다는 생각이 든다.

이제 프랑크푸르트로 간다. 창문 너머 펼쳐지는 유채밭과 포도밭, 보리밭이 낯설지 않은 것은 독일이라는 나라에 대한 알 수 없는 친근감 때문일까? 밖에 보이는 풍경이 한없이 여유롭기만 하다. 지금까지 독일을 다니면서 들에서 농사일하는 사람을 한 명도 보지 못했다.

프랑크푸르트로 가는 도중 로마의 광장이라는 곳에 들렀다. 로마의 광장은 신성로마제국의 지배를 받았던 지역으로 신성로마제국 시대의 건물들이 즐비하다. 그리고 로마의 광장에는 정의의 여신상이 있다. 이 정의의 여신상은 한 손에 저울을 들고 있으며, 법조인들의 단체인 대한변협이나 다른 법과 관련된 기관에의 인쇄물에서 몇 번 본 바 있다. 그런데 왜 여기에 정의의 여신상이 있는지 모르겠다. 그것은 아마 로마의 광장 앞 시청 청사가 있는 것으로 보아 정의와 평화를 위해서 정확하고 엄정하게 공무를 집행하라는 뜻에서 이곳에 정의의 여신상을 세워둔 것으로 생각된다.

로마의 광장은 온통 석재로 꾸며진 길거리와 광장에 밖으로 돌출된 카페 등이 공존하는 곳으로 관광 자원의 보고라고 할 수 있다. 로마의 광장 1층에 있는 맥주 바에서 우리 일행은 잠시 멈춰서 한 잔의 맥주로 여행의 지친 피로를 풀기로 했다. 흑맥주와 맥주를 적당히 시켜서 한 잔씩 나누며 담소도 나누고 그동안 여정에서 이야기도 나누며 잠시 즐거운 시간이었다. 우리는 다시 차 안에 승차해서 한식집으로 향했다. 프랑크푸르트는 한인들만 해도 6,000명 정도가 살고 있다고 한다. 독일 전체 한인들이 3,500명 정도라 하니 프랑크푸르트의 한인들이 많이 사는 편이다.

한식집에 들러 식사를 나누며 약간의 이야기로 시간을 보냈다 나오면서 주인아주머니에게 물을 요청했는데 우리가 사 먹은 물의 물병까지도 놓고 가라고 한다. 이것 또한 문화적인 충격이 아닐 수 없다. 식당에서도 물을 사 먹어야 한다는 점도 의아하지만, 우리가 사서 먹은 물도 물만 샀을 뿐이고 나머지 물병은 다시 놓고 가라고 하니 어찌 이런 일이 있을 수 있는 것일까? 문화적 충격이 아닐 수 없다.

이제 숙소로 향하는 길이다. 네덜란드 암스테르담에서 독일로 올 때까지 우리와 함께했던 운전기사가 2번에 걸쳐서 길을 잘못 들어 고속도로에서 시간을 낭비하고 차 안에 에어컨을 켜야 하는데도 난방을 넣는가 하면 조작 등에서 몇 번의 실수하여 우리 일행을 짜증 나게 하였다. 이런 이유로 가이드가 여행사에 전화해서 운전기사의 교체를 요구하였다. 운전사는 모로코 출신으로 44살이라고 한다. 먼 지중해에서 프랑크푸르트까지 돈을 벌기 위해 와서 한 번의 실수로 교체당한 기사가 못내 안쓰럽다. 하지만 여행객들이 공식 일정을 소화해야 하는 현실적인 부분에서는 어쩔 수 없는 것 같다. 이제 숙소에 도착하였다. 내일을 위해서 또 휴식을 청해야 할 때이다.

여섯째 날

어제저녁 TV에서 서울의 사정이 방송되었다. 뉴스에 의하면 이명박 대통령이 5·18 광주 민주 항정 기념식에 참석한 것과 일본의 교과서 이야기와 독도에서 우리 어선이 일본 순시선에 나포되었다는 이야기가 마지막에 보도되었다.

서울과 8시간의 시차와 12시간 거리의 비행기 거리에 있는 지구의 반대편 독일에서 이런 소식은 신기하기도 하고, 마음이 무겁기까지 하다. 오늘의 공식 일정을 위해서 차에 몸을 싣고 고속도로를 달리던 중 독일과 네덜란드에 와서 처음으로 사람들이 밭에서 일하는 모습을 보았다.

독일에는 소나무가 많다. 도롯가에 빨간 적송이 무척이나 아름답게 자라고 있다. 소나무 숲을 카메라에 담아 보려고 몇 번의 걸쳐 시도를 해 보았으나 아직 잘 잡히지 않는다.

멀리 이국땅 독일에 와서 소나무를 보니 무척 감회가 새롭고 독일이 더욱 친근하게 느껴 진다.

숙소를 출발하여 유기농업재단인 SOL 이란 방문지에 도착한 시간은 9시 50분 대표자의 안내에 따라서 안으로 들어갔다. 깨끗하고 아담한 탁자 위에 물과 사과 주스가 올려져 있고 유기농재단에 대한 서명 안내 자료가 놓여 있다.

요즈음 우리나라에도 유기농 친환경 재배에 대한 인식이 부쩍 증가하고 있으나 독일은 상당히 오래전에 이런 것들에 관해 관심을 지니고 했던 것 같다. 우리가 방문한 이곳도 1961년도부터 유기농 재배에 대한 여러 가지 사업들을 전개했다고 하니 벌써 50년 가까운 기간이다. 2002년부터 정부로부터 지원을 받아 운영하고 있다고 한다. 전국에는 이러한 종류의 유기농재단이 200여 개나 되며 지원은 200억 원 정도 규모란다.

독일의 유기농재단들은 성격에 차이가 있으나 유기농 재배에 대한 정보제공, 연구, 젊은이들에 대한 교육을 시행하며 인터넷을 통한 홍보 등에는 노력을 기울이고 있다고 한다.

또한, 유기농재단에서는 체험농장을 운영하였으며, 현재 유기농 재배는 독일 전체 농사의 5~20%를 차지하였다. 재단 사무실을 나와 세계 최대의 오크로 만든 식당에서 현지식으로 식사하였다. 작고 아담한 시골 마을인 데도 없는 것이 없으니 참 부럽고 행복해 보인다. 이것이 대부분 독일의 농촌 풍경이라는 안내자의 설명을 들으니 좋은 곳이라는 생각이 든다. 점심을 마치고 우리 일행은 유기농 채소재배 농가를 방문하기 위해 1시간 거리에 있는 마을로 향했다. 1시간을 달려 우리 일행이 도착한 마을은 조용하고 약간 오래된 기분의 전형적인 서양 마을이다. 마을 어귀에 세워진 나무와 화단들이 더더욱 아름답게 보이는 마을이다. 마을에 도착하여 우리가 방문하고자 하는 농가를 찾았다. 마을 어귀의 집은 Bioland 라는 마크가 벽에 붙어 있다. 안으로 들어가서 구석구석을 살펴본 후 주인을 따라 밭으로 나갔다. 버스를 타고 찾아간 곳은 농가의 감자밭이다. 드넓은 밭에 감자를 심어 놓은 모습이 한국의 여느 감자밭과 별반 차이가 없다.

감자, 옥수수, 포도 등을 95ha의 면적 규모란다. 입이
다물어지지 않는다. 이렇게 큰 면적을 네 명의 농부와
함께 5집이 농사를 짓는다고 하니 놀라울 뿐이다.

여기는 체험농장으로서 유기농업을 주로 하고 있어서
FTA라는 용어 자체도 모른다. 부럽기 그지없다.

유기농업을 하는 곳인데도 인근에 멀리 원자력발전소
가 있어서 농장주인에게 물어보았다. 원자력발전소가
유기농업 하는 데 지장은 없는지, 그리고 농산물 판매에
대한 소비자들의 거부감은 없는지를 물어보았으나 전
혀 상관이 없다고 한다. 우리나라의 정서와는 너무나 차
이가 느껴진다.

공식 일정을 마치고 프랑크푸르트역 앞에서 쇼핑도
하고 잠시 휴식하는 시간을 가졌다. 프랑크푸르트는 인
구 65만 명의 그리 크지 않은 도시이다. 그렇지만 유럽
에서는 이 정도 크기의 도시는 큰 도시에 속한다. 여기
프랑크푸르트도 독일에서 5번째의 도시라고 한다.

일곱째 날

오늘은 아침에 호텔 로비를 나서는데 날씨가 매우 쌀

쌀하다. 버스에 올라 앞을 보니 팔뚝이 굵어 보이는 여자 운전기사가 대형버스를 운전하고 있다. 우리나라에도 여자들이 대형버스나 트럭을 운전하는 모습을 요즈음은 자주 볼 수 있다. 이 버스 기사도 독일의 대표적인 맹렬 여성인 것 같다.

담스타르로 향하는 길은 밭 사이를 지나고 아름다운 숲을 지나가는 아름다운 곳이다. 담스타르에 도착하여 유기농장을 찾았다. 농부는 40세 전후로 보이는 어포르스트라는 사람으로 축산과 유채, 감자 농사를 짓는 사람이다. 이 사람은 102ha의 넓은 면적에 농사를 짓고 있으며 소도 20마리를 키우고 있다고 한다. 이 사람이 생산한 생산품을 가공하여 농장 한쪽에 있는 판매장에서 판매하고 있으며 25% 슈퍼마켓, 체인점, 유기농 협회 등에 판매하고 있다. 대부분의 독일 농부들이 그러하듯 여기 이 사람도 자기 직업에 대해서 대단한 긍지를 가지고 있으며 숲과 자연 그리고 전원에서 사는 것이 얼마나 행복하냐고 도리어 반문한다. 이곳의 농부들처럼 우리나라도 이런 생각이나 사고를 갖고 농업에 종사 할 수 있는 날이 빨리 왔으면 좋겠다. 그리고 농사를 하는 농부들이 아무런 생각 없이 농업에만 종사할 수 있는 사회적 분위기가 조성되었으면 한다.

농장 견학을 마치고 고속도로 휴게소를 들렀다. 휴게소에서 화장실을 보기 위해 화장실로 간 우리 일행은 놀라운 경험을 하게 되었다. 마치 지하철에서 차를 타기 위해 차표를 끊어 입장하듯이 화장실에 들어가는 티켓을 사서 자동 집표기에 넣고 입장하게 되어 있는 화장실 운영에 대해 놀라지 않을 수 없다. 입장료가 50센트란다. 우리 돈으로 환산하면 약 850원 정도라니 놀라지 않을 수 없다. 나는 이번 연수를 통해서 수많은 벽을 느꼈다. 이들과 우리의 문화 차이라고 이해를 해 보지만 그러기에는 이들의 문화가 우리보다 모든 것이 우월하고 월등하다는 생각은 절대 온당치 않다. 이들의 문화중에서도 실용적이고 좋은 부분이 있기는 하지만 정확하고 인정이 없는 부분에 대해서는 때로 야속함을 느낀다. 휴게소에서 기념으로 시가 두 개를 구매하여 차에 올랐다. 이제는 하이델베르크로 향하는 중이다.

하이델베르크는 독일의 대표적인 관광도시로 옛날 인류의 하나인 하이델베르크인이 발견되었다.

하이델베르크는 인구 14만 명의 작은 도시이지만 독일을 대표할 만한 역사를 지니고 있다. 종교개혁의 원조 마르틴루터가 이곳으로 옮겨와서 성령교회에서 예배를 보았으며 독일의 대문호 괴테가 파우스트를 집필했던 공간이기도 하고 상대성이론의 창시자 아인슈타인이 활동했던 곳이기도 하다. 또한, 하이델베르크는 프랑스와의 전쟁의 상처도 고스란히 안고 있는 도시이다. 프랑스와의 전쟁 때 성으로 미처 피신하지 못한 수많은 하이델베르크의 사람들이 프랑스 병사들이 지른 불의 연기로 질식되어 죽은 아픈 과거를 가지고 있는 곳이기도 하다. 또한, 유럽의 대학 중 세 번째의 역사를 간직한 하이델베르크 대학이 있고 하이델베르크 대학은 공과대학이 매우 유명하다.

하이델베르크에서 식사하고 우리 일행은 파리로 가기 위해 프랑크푸르트 중앙역으로 갔다. 몇 일간의 여행으로 지친 기색이 역력하다. 프랑크푸르트에 도착한 우리는 역에서 ICE를 타기 위해 잠시 기다린다. ICE를 기다리는 동안 도시락으로 식사를 플랫폼에서 해결하고 ICE에 올랐다.

일본의 신칸센을 타보았지만, 유럽의 열차를 타보기는 처음이다. ICE는 프랑크푸르트에서 출발하여 프랑스의 심장 파리로 향한다. 처음에 좌석이 어떻게 되었는지 모르고 우리 일행은 우왕좌왕하다가 30분 정도 지나서야 자리에 앉을 수가 있었다. 최첨단을 자랑한다는 고속철도 ICE지만 열차의 좌석을 찾기에는 너무도 어렵고 힘들다. ICE는 시속 $300km$대를 달리며 서쪽으로 계속 달리고 있다. 독일의 멘하임역을 지나 카이저스테른 역을 통과하여 국경을 넘는다. 유럽에서는 너무도 놀라운 것은 국경을 쉽게 넘는다는 점이다. 그런 국경을 초월하여 다른 나라 열차가 운행될 수 있다는 점이 너무도 신기하다. 국경을 통과할 즈음에 차내에서 경찰들이 passport를 보잔다. 급작스러운 여권 요구에 당황하여 몇 번이고 가방을 뒤져보았지만 쉽게 찾지 못한다. 여권을 찾아 보여주니 빙그레 웃으며 지나간다.

이제 프랑스 땅이다. 이 지역은 아마 지도상으로 보아 프랑스의 동부지역 작센지방인가 보다. 멀리 펼쳐지는 광활한 면적의 농지를 보면 탄성을 자아낼 수밖에 없다. 반도의 작은 끝자락, 앞에도 산 뒤에도 산 농지라고는 지극히 작은 면적에 올망졸망 논밭의 경계를 이루고 있는 우리네 현실과는 너무나도 멀게 느껴진다. 유럽의 강

대국 프랑스의 저력은 저렇게 드넓은 밭과 목장 초원에서 나오는가 보다 하는 생각을 해 본다. 가도 가도 끝없이 펼쳐진 초원과 목장을 보면서 열차는 서쪽으로 파리를 향해서 끊임없이 달려가고 있다.

앞에 앉은 서양 아가씨가 책을 하도 열심히 보아 서툰 영어로 몇 마디 물어보았다. 어디서 오느냐고 물었더니 프랑크푸르트에서 파리로 가는 중이라고 빙그레 웃으며 이야기한다. 고향은 수투트가르트이고 음악 대학에 재학 중이란다. 그리고는 우리 보고 어디서 오는 중이냐고 물었다. 우리는 한국에서 왔다고 이야기하자 고개를 끄덕인다.

프랑크푸르트에서 출발하여 4시간 후 열차는 파리에 도착하였다. 파리에 도착하여 버스를 타고 노보텔호텔에 여장을 풀었다. 숙소로 가는 도중 프랑스의 심장 파리에 대한 가이드의 설명을 들으며 숙소에 향했다. 지난번 네덜란드가 그렇듯이 이곳 프랑스도 사회주의 국가란다. 따라서 국민의 대다수가 내는 세금이 무척이나 과중하다고 이야기한다. 다수의 많은 사람이 세금을 내어 못사는 사람들과 함께하는 복지제도를 갖춘 선진국인 것이다. 또한, 유럽의 국가 중 농산물을 가장 많이 수출하고 있는 농산물 수출 대국이라는 말도 함께 곁들여

준다. 저녁을 오후 5시에 플랫폼 앞에 쪼그려 앉아 10분 만에 해치운 탓인지 허기가 밀려온다. 그동안 유럽에 온 지 7일이 지났지만 그다지 배가 고프지는 않아서 컵라면을 먹지 않았다. 이제는 컵라면이 먹고 싶다. 숙소에 도착하여 짐을 푼 후 컵라면에 물을 부어 먹는 컵라면은 참 꿀맛이다. 이제 내일 모레면 조국으로 돌아간다. 지금까지 부산하게 움직였지만 무엇을 배우고 무엇을 느꼈는지 왠지 아쉬움이 많이 남는다.

내일과 모레의 일정을 잘 보내야 할 것 같다.

오늘은 충분한 휴식을 취하고 싶다.

여덟째 날

프랑스 파리의 첫날은 시작되었다. 아침에 모닝콜을 받고서 일어나 몸을 씻고 식당으로 갔다. 프랑스 바게트에 잼을 발라 먹었다. 두껍디두꺼운 껍데기에 잼을 발라 먹는 것은 우리나라의 빵 먹는 것과 별반 차이가 없다. 아침을 먹고 차를 타고 파리 시내를 향했다. 차를 타고 시내를 향해 가는 길에서 바라다본 파리 시내는 스케일이 크고 웅장하였다. 아름다운 석조 건축물에 푸른 나무로 도시 환경은 쾌적해 보인다. 그리고 간간이 섞여 있는 나무는 신비스럽기까지 하다. 파리에 도착해서 맨 처음 가는 곳은 개선문이다. 우리나라의 독립문이 파리의 개선문을 본떠서 만든 것이라고 하여 주의 깊게 살펴보았다. 무척이나 웅장하고 아름다웠다. 개선문에서는 수많은 관광객이 홍수를 이루고 있었다.

이곳 파리는 세계에서 관광객이 가장 많이 찾는 곳으로 우리 한국인들도 연간 30만 명이 찾는다고 한다. 그리고 프랑스가 관광 수입으로 벌어들이는 돈만도 연간 300억 달러에 이른다고 하니 엄청나지 않을 수 없다. 개선문을 떠나 콩코드 광장, 물랑루즈, 샹젤리제 거리를 둘러보았다. 콩코드 광장에는 오벨리스크가 있고, 드골 대통령의 동상이 우뚝 서 있다. 물랑루즈는 프랑스어로 빨간 풍차라는 뜻이란다. 말 그대로 빨간 풍차의 형태의 건물이다. 물랑루즈를 돌아 루브르 박물관을 둘러보았다. 루브르 박물관은 세계 최대 규모의 박물관으로 보유 중인 유물만도 44만 점으로 유물을 둘러보는데 만도 몇 년이 걸린다고 하니 대단한 규모이다.

루브르 박물관에는 세계의 수많은 역사 유물을 전시 보관 중인데 이것은 프랑스의 고유문화가 아닌 다른 나라로부터 약탈해온 것들도 있다. 우리의 귀중한 문화재 중 하나인 외규장각 문서로 병인양요 때 이들이 약탈해

간 우리의 문화재였다. 이를 반환받기 위해 우리 정부에서는 노력하였으나 우리의 문화재를 우리가 갖지 못하고 빌려와서 서울대학교 규장각에 보관 중이다. 이 얼마나 얄미운 일인가?

루브르 박물관 소장 중인 비너스상, 모나리자, 최후의 만찬 등 작품을 오랜 시간 감상하지 못하고, 스쳐 지나기만 했지만, 그 웅장함과 아름다움은 감탄하지 않을 수 없다. 루브르 박물관을 둘러보면서 프랑스의 저력과 국력을 느낄 수 있었고 문화적인 충격은 정말 말로 헤아릴 수 없었다. 루브르 박물관을 나와서 점심시간이 되어 물랑루즈 근방의 한식당을 찾았다. 식당에 들어서자마자 빈자리 없이 빽빽하게 앉아 있는 사람들을 보고 놀랐다. 초만원이었다. 손님들의 대부분은 동양인들로 그중에서 한국 사람들이 절반 정도 차지하는 것 같다. 세계를 여행하며 안목을 높이고 벤치마킹을 통해 우리나라의 국력 신장에 도움이 되었으면 하는 측면에서는 해외여행이 생산적이라 할 수 있으나 자칫 낭비로 인하여 국가 발전을 저해하는 일은 없었으면 한다. 점심 식사를 마치고 센강으로 향했다. 우리가 교과서 속에서 배웠던 센강은 정말 평화롭고 아름답다. 센강은 우리나라 서울의 한강보다 강폭이 훨씬 좁다.

　멀리 보이는 노트르담 사원의 전경과 에펠탑, 몽마르
트르는 파리를 가장 파리답게 하는 관광 자원이다. 나지
막한 언덕 몽마르트르는 서울의 남산에 비할 바가 아니
다. 독일의 라인 강변에 있는 로렐라이가 그랬듯이 몽마
르트르언덕 또한 문화적인 요소가 잘 엮인 스토리 텔링
의 대표적인 사례이다.

　우리나라도 프랑스처럼 관광 자원을 활용하여 가장
한국적이면서도 문화적인 요소가 함께하는 관광을 위
해 더욱더 노력을 기울여야 할 것이다.

잠시 짬을 내어 센강의 유람선을 타고 강변을 도는 시간을 가졌다. 웅장한 석조건물이 자리한 파리는 거대한 박물관처럼 보인다. 센강 변을 빠져나와 에펠탑으로 향했다. 오후 7시가 넘은 시간이지만 해는 아직도 하늘 복판에 박혀 있고 에펠탑을 찾은 사람들은 장사진을 이루고 있다. 에펠탑 또한 파리와 프랑스를 보여주는 거대한 구조물이다. 거대한 철재 구조물 앞에 벌어진 입을 다물 수가 없다. 파리는 넓은 평원의 도시이다. 산이라고는 찾아볼 수 없고 산이라고는 유일하게 몽마르트르언덕이 전부이다. 몽마르트르언덕은 해발 129m로서 원래 돌을 캐다가 버린 채석장이었는데 오늘날 이렇게 산이 되었다 한다. 몽마르트르언덕에는 수많은 화가와 거리의 악사들이 활동하고 있다.

파리는 하나의 거대한 문화 유적지이자 박물관이다. 돌아오는 길에 친환경 유기농농산물판매점을 견학하였다. 친환경농산물판매 가게는 Bio 마크가 새겨진 물건이 있다. 친환경농산물판매점에서 프랑스산 와인 1병을 샀다. 저녁이 되어 프랑스에서의 마지막 밤을 위해 우리 일행은 모두 한자리에 모였다. 관광버스를 타고 10일 동안 생사고락을 같이한 동료들의 믿음직한 얼굴들이 든든하다.

마지막 날

오늘 아침은 다른 날보다도 1시간 더 먼저 출발하기로 되어 있다. 지금까지 연수 과정에서 가장 많은 생각을 하게 하는 날이다. 이제는 우리가 연수를 마치고 다시 돌아가야 하기 때문이다. 처음에는 설렘 속에서 하루하루를 맞이했지만, 이제 우리는 돌아가야 하고 일상의 엄연한 현실이 기다리고 있다. 그렇기에 힘들지만 어쩔 수 없이 조금은 무거운 마음으로 하루가 시작되고 있다.

1시간 먼저 출발하여 농산물 도매 시장을 찾아갔다. 규모가 우리의 가락동 시장만큼이나 큰 규모의 도매 시장으로 여기에서는 소매는 전혀 이루어지지 않고 반드시 경매를 통해서만 농산물이 유통된다고 한다.

둘러보면서 농산물의 면면을 살펴보니 에스파냐산 농산물들이 가장 많이 눈에 띈다. 아마 에스파냐가 프랑스와 지리적으로 가까운 까닭인지 모르겠다. 갖가지 이름도 모르는 농산물들이 즐비한 도매 시장을 둘러보면서 우리 농업의 현실을 생각해본다. 우루구아이 라운드다. FTA 다하여 시끄럽고 미국산 쇠고기 수입문제로 연일 시끄러운 우리나라의 현실. 무엇이 우리나라를 이토록 힘겹게 하는가? 전원에서 마음대로 살 수 있어 농촌에 산다는 유럽 농부의 말이 귓가에 자꾸만 맴돈다. 우리나라의 농부는 농업이 곧 생계이고 얼마 되지 않은 땅에서 지극히 작은 수확량을 가지고 먹고 쓰고 살아야 하니 얼마나 절박하겠는가? 하지만 유럽의 농부는 광활한 면적의 농토를 가지고 모든 농사일을 기계로 하며 유기농업을 통해 소득을 올린다. 단순한 생각으로도 그들과 우리는 너무나 현실이 다르다는 것을 알 수 있다.

프랑스의 농가를 방문하기 위해 차를 몰아 출발한다. 우리가 가고자 하는 곳은 밀레의 만종이라는 그림에 나오는 곳이라고 한다. 궁금해진다. 우리가 찾아간 곳은 파리에서 1시간 20분 정도의 거리에 있는 작은 농촌 마을로 어린이집과 작은 가게들이 있고 비교적 잘 정비된 전형적인 프랑스 농촌이다. 우리가 찾아간 농장은 일본 출신의 오야마라는 분이 경영하는 유기농 농장이다.

오야마 씨는 하우스를 포함하여 50여 개 농장에서 유

기농 채소 등을 생산하여 판매하고 있다. 이곳 오야마 농장도 지금까지 돌아본 유럽의 농장들과 별반 차이가 없다. 또한, 농장 입구에 판매장이 있어서 여기서 생산된 농산물과 가공품들을 판매하고 있다.

오야마 농장으로 향하던 중 도중에 농장을 잘못 찾아갔던 농장이 한군데 있다. 이 농장은 아마 우리나라의 교육농장 같은 곳에서 토요일과 일요일에는 학생 체험객들로 만원을 이룬단다. 아마 우리나라의 교육농장도 여기서 배운 것이 아닌가 싶다.

이제 시간이 얼마 남지 않았다. 왠지 아쉬움이 밀려온다. 오후에는 그동안 프랑스의 농산물 판매점 및 도매점만 둘러보았는데, 고급 농산물 판매점이 있는 백화점을 둘러보기로 했다. 백화점에 들어서자마자 유명한 향수들과 화장품들이 즐비하다. 그동안 우리를 안내했던 가이드의 말을 빌리자면 프랑스에서는 농산물을 살 때 "사과를 주세요"라든지 "당근을 주시오"라고 해서는 안 된

다고 한다. 대신 사과의 품종인 "후지를 주시오" 또는 "국광을 주시오"라고 해야 한다고 한다. 어릴 때부터 먹거리에 대한 교육이 충실함을 알 수 있는 대목이다. 이른 시간이지만 저녁을 간단히 해결하고 우리 일행은 공항으로 향했다. 우리가 한국행 비행기를 타기 위해 간 곳은 드골 공항이다. 드골 공항은 생각했던 것보다 훨씬 규모가 작고 웅장하지 않았다. 지금까지 프랑스를 다니면서 웅장하고 거대한 건축물들의 규모에 놀랐던 것과는 너무도 대조적이다. 한국행 비행기에 몸을 실었다. 이제 9시간 정도의 기나긴 여행이 또다시 시작되고 있다.

제4부

어머니를 그리며

어머니의 새벽

칠흑의 어둠에서
북두칠성을 머리에 인 채

아무도 찾지 않은
정갈한 우물물 한 그릇
장독대에 올려놓고

아득한 옛날
고비 고비마다
할머니의 할머니가 그랬듯이
두 손 곱게 모으시는 어머니

자식들 잘되게 해달라는
이 세상
그 어떤 기도보다도
간절한 어머니의 염원

그릇 가득 정화수 맑은 물엔

고단한 삶을 헤치며 살아온
어머니의 발자국이
환한 별빛으로 반짝이는데

오늘 새벽에도
가슴을 쓸어내리며
찬바람 이는 장독대에서

가지런히 두 손을 모으시는
어머니
아 나의 어머니.

무궁화 꽃이 필 때

무궁화 꽃 필 때
돌아온다던
엄마

무궁화 꽃 피고 지고
또 피고 저도
오지를 않네

기다림에 지친
가슴속엔
소리 없는 눈물
강물처럼 흐르고

어린 가슴 옥죄던
형벌 같은 가난
질곡의 발자국은
희미하게 멀어지는데

물항라 저고리 남색 치마
엄마가 밟고간
훈훈한 그 흙 내음

구름 속에 해처럼
칠순의 가슴속에
아직도 숨 쉬는데

엄마 없는 오늘 밤
울에 핀 무궁화 꽃
서럽고 아픈 꽃
아- 무궁화 꽃.

하늘나라 엄마에게

엄마 엄마
불러도 대답이 없네요

오늘처럼 유난히
고독한 날에는
더욱 그리웁고 보고 싶네요

엄만 언제나
나만 보고 있는 줄 알았어요
항상 그 자리에 있는 줄 알았어요

멸치 반찬, 어묵조림 싸 주시며
아버지와 우리 형제를 지켜주는
굳건한 울타리인 줄 만 알았어요

엄마는 언제나 엄마인 줄만 알았어요
엄마가 여자라는 사실
중년 넘긴 지금에야 알았어요

엄마 미안해요
엄마의 마음 알아주지 못해서
이제야 알게 되어서

지금 우리 애들도
지네 엄마도 엄마인 줄만 알겠지요
엄마 또한 여자인데

자꾸만
가물가물 잊혀지는 엄마의 모습
오늘 밤도 그리운 엄마

사무치게 보고 싶어요
그곳에서 행복하세요
엄마.

어머니

생각만으로
눈물이 샘처럼 솟는
당신은 어머니

세상
그 무엇에도
뚫리지 않을
굳건한 방패처럼
의연한 당신

타버린 촛불 인양
자식 위해
온몸 불사르고

마지막 남은
심지처럼 굽은 허리
당신은 어머니

깊게 베긴 굳은살
이불에 끌려
바삭 소릴 내던
그날 밤

아린 마음 새도록
끓어 넘치던
잊지 못할
사무침의 밤이야
아 어머니.

뻘배와 어머니

노을 물든
바다를 달리는
파도처럼

상기된 갯벌에
미끄러지는
어머니의 마음

가득한 작은 소망
한 바구니

얼음을 지치듯
거침없이 내 닫는
어머니의 꿈

고단함도 기쁨도
갯벌을 질주하는
어머니의 소망

아픔마저 발효된
석양 물든 갯벌에 숙성된
어머니의 세월

어머니 나라에
뻘배가 미끄러진다

어머니의 삶이
미끄러진다

어머니의 인생이
미끄러진다.

아카시아

눈부신 오월
초록이 익어가는 산허리에
보고픔이 주렁주렁 열려 있다

옷깃을 풀어헤친
소쩍새 우는 초록의 산하
가시 돋친 너의 가슴에서
방울방울 피워내는 하얀 그리움

그것은
오월의 하늘에
알알이 흐드러진
사무침의 조각들

지천으로 넘실대는
너의 향기는
고단한 삶 속에서
희끗희끗 물들어가는

나의 머리처럼

기억마저 희미해진
기억의 저편에서
잊혀가는 모습 찾아 유랑하는
보고픔의 몸부림

농익은 오월
주렁주렁 매달려
세상 향해 손 흔드는
네 향기가

나는
서럽고
시리도록 아프다.

오월은

오월은 고독하다

오월 어느 날
나는 옷깃을 풀어헤쳐
일렁이는 오월의 바람을
홀로 맞는다

오월의 무릎에 앉아
오월의 가슴을 만지며
오월의 심장에 번지는
힘찬 고동 소릴 듣는다

갓 피어난 새싹들의 반란
사월에 태어난 청춘들의 아우성
다투어 핀 꽃들의 물결

저마다의 잔치를 준비하는
새소리 바람 소리 반짝이는 이날

영원히 시들지 않을 꽃을 찾아
오월의 마당을 서성이는
나는 고독한 방랑자

수채화같이 아름다운
오월의 늪에서
바람에 흔들리는
아카시아 꽃처럼
자꾸만 흔들리는 마음

오월은 고독하다.

별에게

푸른 밤
하늘가에 피어난
예쁜 별 하나

고운 미소
아리따운

사랑스러운
내- 여인아

오늘 밤에도
구름에 가려
행여 못 볼세라

보고픔의 물결은
허기진 가슴에
파도처럼 일렁이고

사무침은
바람처럼
만리(萬里)를 달리는데

검은 비단 위에
피어난 아름다운 꽃
내 여인아

아는가
이 마음.

달빛

누군가
못 견디게 그리워질 때

허기진 마음의 창을
비집고 들어오는 네가 있어
고적한 이 밤 행복하다

가슴을 향해
소리 없이 흘러내리는
한줄기 너의 손길로
말라버린 가슴은 이슬에 젖고

세월의 급류에 부대끼며
낯선 세상을 배회하던
게으른 발걸음도

오늘 밤
환한 웃음 시름을 접었다

화려하게 빛나는
오월의 눈 부신 햇살은 아니어도
고독한 마음자리 끝
그리움 가지 따라

누군가를 밤새도록
가슴에 켜 둘 수 있는
오늘 밤

네가 있어 행복하다.

슬픈 인연

이 가슴을 보아요
당신과 만남으로 아픈

이제
세상 끝 어디에도
당신은 그림자로만 있을 뿐

드넓은 생의 대지엔

기껏
당신이 뿌려놓은
이별 꽃 몇 송이

웃음 환하게 빛나던
무지갯빛 언덕에

갈까마귀 울음
황량한 바람만 목메나니

가슴 가득
피었다가 진 꽃잎
싸늘히 입 맞추면

슬픔 머금은 이슬
소리 없이 흐르는

당신과의 인연으로
얼룩진 이 상처.

제삿날 밤

그리워

그리워서
타버린 까아만 밤

당신의 무덤가엔
푸른 달빛
비추오고

행여 당신
뵈올세라
사립문 활짝 열어

손꼽아
당신을 기다립니다.